L'âge du fond des verres

Claire Castillon

L'âge du fond des verres

GALLIMARD JEUNESSE

Le poteau vert

Avant, la seule chose qui comptait, en âge, c'était celui du fond des verres. Et plus on était vieux, plus on était joyeux. Avant, je n'avais pas remarqué que mes parents étaient deux vieillards. Avant, mes copines m'enviaient parce que chez moi on avait le droit de jouer des maracas, de se déguiser avec les affaires de ma mère, d'emprunter son maquillage ou d'étaler de la pâte à modeler sur le bureau de mon père. Du coup, je ramenais plein de monde à la maison, mais maintenant, ce n'est plus comme avant. Je n'ai plus tellement envie de montrer mes parents. Tout a changé depuis que je suis en sixième.

Cléa est ma nouvelle meilleure amie depuis la rentrée. Elle est très au courant de ce qu'on doit faire ou pas quand on est au collège. C'est une chance, parce que moi, si je m'écoutais, je jouerais à l'élastique, au ballon prisonnier et surtout à cache-cache. Or jouer dans la cour, c'est même pas en rêve. En sixième, il y a des codes à connaître et Cléa les connaît tous. Par chance, elle n'a pas remarqué que je suis encore très bébé. Le jour de la rentrée, quand elle a vu que je portais un pli à mon jean, elle a cru que c'était une nouvelle tendance et elle m'a demandé si ma mère travaillait dans la mode. C'est comme ça qu'on est devenues copines. Je n'ai surtout pas avoué que ma mère est secrétaire médicale, qu'elle a cinquante-six ans, des taches partout sur les mains, et des pieds à bosses. Et que je suis en résumé, une enfant de vieux.

En rentrant à la maison, j'ai essayé d'inverser le pli de mon jean mais quand c'est marqué au fer, c'est marqué pour toujours. « Merci, papa », j'ai râlé. C'est toujours lui qui repasse le linge, généralement le dimanche après-midi pendant que maman prépare un gâteau. On n'est pas du genre à la mode, à suivre des régimes en vogue ou à respecter le commerce équitable. Maintenant que je suis allée chez Cléa, je peux dire que mes habitudes familiales détonnent. Au niveau du frigo, j'ai bien senti la différence entre chez elle et chez moi. Le quinoa, le Granola, la feta, les rutabagas, j'ai appris plein de mots en une seule journée. En A, nous, avec notre frigo du XXe siècle, on a de l'avocat, du Nutella, du Coca-Cola, du pastaga, du foie gras, et quand je dis à maman que c'est inhumain de gaver les oies, elle est d'accord. Mais elle ajoute : « Ton père adore ça, Guilène, alors maintenant que le mal est fait, profitons-en sans culpabiliser. » En fait, je suis de plus en plus souvent coupée en deux. Il y a mon plaisir et puis ma petite pensée, juste derrière, qui se rebiffe. Ça fait deux voix. J'ai plusieurs peaux.

Le père de Cléa, lui, se déplace à rollers. Je l'ai vu à la sortie du collège. Il sourit à Cléa de ses dents bien alignées. Il est de la génération appareil dentaire, il a du bol. Cléa aussi. Moi, depuis la maternelle, on me parle de mon papi qui m'attend à la sortie. Quand j'étais petite, je trouvais ça chouette. Sa dent qui part en arrière comme celle d'un boxeur pendant l'assaut. Tout a changé avec mon entrée en sixième. L'écart se creuse entre les dents droites des autres pères à la barbe de trois jours et les chicots du mien, rasé de frais, qui sent l'after-shave. Les cheveux ébouriffés, le père de Zoé roule à vélo. Celui d'Irina a des dreads. La mère de Vadim est mannequin. Celle de Juliette parle comme une ado. Elle travaille dans la musique. Elle est vraiment belle, et quand elle sourit, ça ne fait aucun pli autour de ses yeux. La mère de Bamba a un cancer. Parfois, elle semble malade, mais jamais vieille. En fait, les parents de tout le monde sont jeunes. Plus les enfants des autres grandissent, plus les parents des autres rajeunissent. C'est le choc du secondaire. Les miens vieillissent. C'est tout. Pire, plus ils vieillissent, plus ils font attention à leur maintien. Donc ils ont l'air de plus en plus raides.

Désormais, quand elle vient me chercher, ma mère m'attend au coin de la rue du collège, angle Decize-Verlaine. Elle n'a plus le droit de dépasser le poteau vert. À papa, je n'arrive pas à demander de rester au poteau vert. J'ai peur qu'il ne comprenne pas le message et que, coincé tout là-bas, il agite ses bras pour que je le repère. Il serait tout à fait du genre à m'appeler : « Guilène, you hou ! »

Durant l'été, il a pris un coup de vieux. Sans doute à cause de sa déchirure à l'épaule. À son âge, pousser tout seul un pédalo jusqu'au rivage n'est pas raisonnable. Maman l'avait prévenu. Le père de Cléa, lui, fait du kite.

Heureux-heureux

La mère de Cléa s'appelle Azumi. Elle est japonaise. Pas Anne-Sophie comme a d'abord cru maman, avant de partir à la recherche d'un kimono que papa lui a jadis rapporté d'un voyage professionnel à Kyoto. Elle ne l'a pas retrouvé alors elle a sorti son album et m'a montré les photos d'une soirée de réveillon où, déguisée en Japonaise, elle donne la main à papa, lui-même déguisé en Indien. « Tu sais, quand je l'ai rencontré, ton père était imbattable au tir à l'arc. »

J'aime bien quand ma mère évoque les prouesses sportives de papa. Elle m'a aussi souvent parlé du ski de fond, mais hélas je n'aurai jamais droit à une démonstration. Ils ont fait l'effort, deux fois, de m'emmener aux sports d'hiver. Maman a loué des skis, puis préféré tenir compagnie à papa dans le hall d'entrée de l'ESF, en attendant que mon cours se passe. L'après-midi, on allait à la piscine. Vu mon peu d'engouement pour la descente, ils ont décidé que l'eau était mon élément et ont ensuite systématiquement opté pour la mer. *Hôtel de la Plage* aux Bains-Plage, l'été. *Hôtel Océan* à Plage-les-Mers, l'hiver (moins exposé au vent). Parfois, nous visitons une ville de France ou une capitale européenne. Avec des poses gâteaux. On se prend en photo devant chaque spécialité pâtissière. Franchement, si mes parents étaient mes grands-parents, je n'aurais rien à redire : ils sont joyeux, gentils et bons vivants. Mais comme je suis de plus en plus souvent coupée en deux, je les trouve de plus en plus souvent mous, lents et pas très beaux.

L'appartement de Cléa a été photographié pour un blog de déco. Le titre de l'article, c'est « Ode au silence intime ». Je n'ai plus qu'à aller me cacher avec mon logis « Chant du cygne ». Dans sa chambre à elle, il y a un bureau sur des tréteaux, imitant celui de son père, qui est architecte. Sa mère est styliste culinaire. Un métier qui n'existait pas du temps de mon père. Mais ma mère connaît, elle. Elle me fait remarquer que cinquante-six ans, ce n'est pas non plus quatre-vingt-douze. OK, mais moi j'ai dix ans et demi, et un père de soixante-dix ans. Qu'ont fichu mes parents ? Ils ne pouvaient pas se rencontrer plus tôt ? Eh bien si ! Ils ont eu une première histoire quand ma mère avait vingt ans. Mon père en avait trente-quatre et elle se sentait trop jeune pour s'engager. Pas de bol. Ils se sont retrouvés des années plus tard. « On est heureux-heureux », est leur slogan. Normalement je partage, mais là je suis en train de basculer vers le « on a été » parce que papa, depuis qu'il est à la retraite, fait des mots croisés, c'est-à-dire qu'il alpague quiconque pénètre dans le salon avec des questions comme « mordu mais qui n'a pas encore la rage en huit lettres ? ». Ça me donne la chair de poule. Pour qu'il ne devienne jamais un petit vieux dans son monde, ma mère le houspille. Quand il a eu sa déchirure à l'épaule, elle l'a forcé à s'acheter des chaussures de marche. Par peur qu'il s'immobilise trop longtemps. « À son âge, ça ne pardonne pas », a-t-elle expliqué à sa copine Maggie. Il a rapporté du magasin des sandales ouvertes, écoutant la vendeuse qui lui a vanté le confort du modèle Hypersaisons, adapté au port de la chaussette. Papa a quand même entendu mon soupir long comme un sanglot parce qu'il a vite remis ses mocassins fermés pour venir au collège.

Au niveau de mon allure à moi, que dire? Je reconnais que mes parents sont très à l'écoute. Ils respectent mes goûts, évitant au maximum les commentaires désobligeants sur le fait qu'ils sont mauvais. Pour la décoration de ma chambre, quand j'ai dit que je ne voulais plus le vieux pupitre du père de papa, avec le trou pour l'encrier, ils m'ont donné raison. Le bureau de mon grand-père a donc rejoint le salon et mes parents m'en ont offert un neuf. Un pupitre, encore une fois, avec un trou pour un encrier, mais un plateau horizontal. Et rose. Quand j'ai vu leurs sourires, je n'ai pas eu le cœur d'avouer que j'aurais voulu choisir. Ils avaient profité de mon sommeil pour retirer l'ancien bureau et placer le nouveau. Je leur ai sauté au cou. Ils se sont regardés, comme ils font quand ils sentent qu'ils ont tapé dans le mille. Depuis, j'insulte mon pupitre rose. Je rêve qu'il est gris, blanc ou noir, et qu'il n'a pas de trou. Mais quand je me réveille, il est rose. Et il a toujours un trou. Avec une plume Sergent-Major posée juste à côté, cadeau de maman pour faire plus authentique.

Actuellement, je suis en train de moderniser ma chambre car je rends son invitation à Cléa. Elle vient chez moi mercredi. J'ai tout mon dimanche, au moins jusqu'à l'heure du goûter dînatoire, pour chasser un maximum de déco ringarde. Je me suis attaquée à l'étagère d'animaux en pâte de verre et je les ai tous réunis dans une boîte à chaussures. Je souhaite à présent camoufler Couc, mon animal de compagnie, un coucou qui sonne les heures. Son petit corps sort de la lucarne de sa maison de bois, le temps de dire « coucou », de une à douze fois de suite. Quand je l'ai eu, lors d'un week-end à Strasbourg, mes parents se précipitaient dans ma chambre avant les douze coups de midi pour le voir sortir et rentrer. On a quand même eu des moments forts tous les trois, je ne dois pas l'oublier. Mais depuis que j'ai été invitée chez Cléa, depuis que j'ai mangé des galettes de raifort, vu sa mère méditer devant une orchidée blanche et son père jouer à la guerre sur une Wii, j'ai besoin de modernité.

Et si on allait à Bains-Plage-les-Mers pour la Toussaint ? a proposé papa en servant le chocolat chaud du dimanche soir. Maman s'est tendue. Elle ne supporte pas quand il se laisse aller. « Tu veux dire Les Bains-Plage ou Plage-les-Mers ? C'est l'un ou c'est l'autre, Clément. Pas les deux. »

Monsieur Andouillette

«Si Cléa n'aime pas l'andouillette, je lui ferai du boudin...», a déclaré papa ce matin, quand je suis partie au collège. Évidemment, il blague. Mais ma peau se hérisse et je panique à l'idée que Cléa ne revienne jamais déjeuner chez moi s'il blaguait trop. Pire, qu'elle le répète aux autres. En cours, elle m'a déjà fait passer trois mots, parce qu'on n'est pas assises à côté. Sur le premier, elle me demande si on va déjeuner dans ma chambre. Sur le deuxième, si on aura le droit d'aller traîner au parc. Et sur le troisième, quelle Wii je possède. Heu... Un Boggle. Un Monopoly. Un Mille Bornes. Un Allô...docteur. Deux Mastermind. Un Trivial Pursuit. Un tarot. Un jeu d'échecs. De dames. De petits chevaux. Deux Scrabble. Même un troisième avec des scratchs pour le voyage. Un Cluedo. Un Yo-Yo. Des billes. Un Risk.

Des scoubidous. Un Docteur Maboule. Un Twister. Un Rubik's Cube. Des Playmobil. Un Puissance 4. La Bonne Paye. Les Hippos Gloutons. Des Kapla. Un Qui est-ce? Les Mystères de Pékin. Je crois que j'ai fait le tour. Ah, non. Un Roule-Ta-Bille.

Les jeux électroniques, comme les appellent mes parents, ne favorisent pas les bonnes soirées en famille. Chez nous, on est plutôt jeux de société. J'ai toujours trouvé ça chouette. Chez mes amies, chacun part dans sa chambre après le dîner. Nous, on s'assoit au salon et «on profite un peu». Il y a aussi la grande boîte en fer bleu et rouge en forme de manège. Je la connais depuis que je suis enfant. Elle est remplie de friandises au chocolat. On mange des After Eight ou des Quality Street, on boit une infusion au miel. Ça fait dix ans qu'à Noël s'ajoute à toutes ces gourmandises la boîte pour les vieux offerte par la mairie. Maman est furax quand mon père va la chercher mais elle finit toujours par rafler les escargots au praliné.

Donc je n'ai ni Wii ni tablette, je boulotte des confiseries en jouant chaque soir avec mes parents, et mon père est peut-être en train de préparer une bonne blague à l'andouillette pour midi. Sur la question du parc, je ne sais pas. Je n'ai jamais demandé si je pouvais y aller seule parce qu'on ne m'avait pas encore proposé une telle sortie. J'appréhende un peu. Je crois qu'une fois qu'on y est, il faut rester assis sur un banc entre les toilettes publiques et l'enclos à jeux d'enfants. Interdiction formelle pour un sixième de courir ou de jouer à saute-mouton. Quant à manger dans ma chambre, aucune idée. Quand on est en sixième, je devine qu'on cesse de manger à table. Ça doit être quelque chose de ce genre.

La sonnerie me sort de ma torpeur. Il est midi trente. Mme Ivano nous donne seize exercices de maths pour vendredi. Avec Cléa, on se regarde. On ne comprend pas pourquoi les profs nous en veulent autant d'avoir du temps libre le mercredi. Ils sont jaloux. On pourrait jouer, enfin parler entre amis, assis sur un banc sans bouger, ou regarder des films, mais non. On va faire des maths. Seize exercices ! C'est quoi qui la retient de ne pas nous en donner dix-neuf ?

« Qu-est-ce-qui-la-retient ? » corrige papa. Il ne nous a pas attendues devant le collège mais au poteau vert. Maman lui aurait-elle suggéré de nous laisser un peu d'air, à Cléa et à moi ? Il aurait surtout pu éviter de venir nous chercher, mais il dit toujours que le mercredi, c'est son petit rituel, il aime bien… Il essaie quand même de nous rassurer pour les maths. « Ne vous en faites pas, les filles, seize exercices en deux jours, ça ne fait plus que huit exercices par jour. » On lui raconte ce qu'on a sur le cœur. On la déteste, Mme Ivano. Elle nous met des barrettes quand on a les cheveux dans les yeux, elle dit que c'est parce qu'on n'y voit rien qu'on est si nuls. Des bons à rien. Elle ne respecte pas notre jeunesse. L'autre fois, elle a même mis une barrette à Aron. On a tous rigolé, lui aussi, mais il s'est ensuite vengé de la prof. On a entendu un coup de Klaxon dans la rue, suivi d'une sirène, et Aron a crié : « Alerte intrusion ! » Alors en moins de deux, on s'est levés pour fermer les fenêtres, mettre les tables en bouclier devant les portes et s'allonger par terre. La prof est restée debout, estomaquée. On se doutait qu'on faisait une bêtise mais on a prouvé qu'on avait tout compris à l'exercice d'entraînement et qu'on était prêts, même en cas de guerre. Après, évidemment, elle a hurlé.

Astéride, le cochon d'Inde de la classe, nous a sauvés en couinant. Elle s'est adressée à lui calmement : « Astéride, ne t'inquiète pas, c'est à tous les autres que je m'adresse. Tous les petits nuls, là. »

Quand on entre chez moi, ça ne sent pas du tout l'andouillette, mais le poulet rôti. J'ai envie de crier « merci, papa ! » mais je vais avoir l'air débile. En sixième, on doit impérativement commencer à faire la tête à ses parents régulièrement. Alors je ne dis rien, et même quand papa sort des frites du four et qu'il les pose sur la table où il n'a dressé que deux couverts pour nous laisser déjeuner tranquillement, Cléa et moi, je me tais. Je dirai merci plus tard. En sixième, on évite de montrer de la gratitude envers ses parents. En revanche, Cléa s'écrie : « Waouh ! Des frites ! » Évidemment, chez elle, les frites, c'est le diable. Elle en mange en cachette à l'extérieur, avec son père. C'est pareil pour tout ce qui est gras. « Par exemple, me dit-elle, je ne peux manger des galettes des rois qu'à l'école ! » Sa mère crie au cancer en barre et refuse d'en acheter. Elle en fabrique une avec de la pâte de haricots à la place de la pâte d'amandes. Elle a même trouvé des fèves bio en verre.

Cette année de sixième, j'y pense, ça va être dur la galette des rois. Si je tombe sur la fève, je l'avalerai. Je ne peux pas choisir un roi. Il y a bien Aron. Mais en fait, Aron, il nous fait un peu peur. Même si on le trouve beau. Pas vraiment beau, mais disons qu'il a une « vraie tronche », m'explique Cléa. La beauté, on s'en fiche en sixième.

Je suis toute rose dès qu'on parle d'Aron.

Suspendre son mot

« Tu vois qui je vois ? » me lance Cléa quand on arrive au parc.

Aron et Thomas. En même temps, ce n'est pas comme si on ne s'y attendait pas.

– T'as vu le numéro 2 ? me demande Cléa.

– Qui ?

Je suis complètement paumée.

– Le numéro 2 !

En fait, elle parle du banc. Faut suivre. En sixième, il est d'usage de compter les bancs de droite à gauche, en commençant par l'enclos pour enfants et en terminant par les toilettes de l'entrée. Heureusement qu'elle est là. Il y a encore deux mois, je ne savais rien du comptage des bancs du parc. Je connaissais les toboggans, les balançoires, le marchand de bonbons, mais je ne connaissais rien à l'ordre et à la hiérarchie. Or, au parc, si tu es en sixième et que tu t'assois sur les bancs dix-sept à vingt-deux, c'est que tu n'as rien compris à la vie. Nous, en tant que sixièmes, on vise l'allée latérale, c'est-à-dire le côté entrée.

– Si on était des troisièmes, on s'installerait côté sortie, m'explique Cléa. Tu piges ?

– Pas trop.

– Pas grave. Mais surtout applique. Sinon tu vas avoir l'air débile.

– OK.

– Ce qui est sûr, c'est qu'en sixième, si tu n'occupes pas les bancs un à sept, il vaut mieux rester debout.

– OK.

– Bon, on fait quoi avec Qui-tu-sais ? me demande t-elle.

Il y a autre chose que j'ai compris en entrant en sixième, c'est que la question des garçons doit impérativement devenir envahissante. En sixième, le garçon n'est plus le copain de récré ou l'ennemi de la fille, il devient une sorte d'obsession. Un peu comme en CP, quand avec Engie, mon amie d'avant, on épiait Odilon, un CE1. Sauf qu'en sixième, on n'épie pas. Enfin si. On épie mais on fait genre j'm'en fiche. Du coup, quand je propose d'aller leur dire bonjour, Cléa me répond :

– T'es folle ou quoi ? On doit faire comme si on ne les voyait pas.

– OK.

J'ai décidé d'être toujours d'accord avec ce qu'elle propose, même si je ne comprends pas pourquoi on va au parc dans l'espoir de les voir mais sans jamais leur parler. Toutefois je préfère me plier à ce qu'elle dit, et je la trouve finalement assez raisonnable dans ses choix. En plus, vu qu'on n'a pas le droit de jouer, vu qu'il faut rester assise et parler, je suis beaucoup plus à l'aise seule avec Cléa qu'avec des garçons. Donc, pour le moment, on est sur le banc trois, et on fait comme si on ne voyait pas Aron et Thomas. C'est assez ridicule quand on y pense, mais on n'y pense pas. On pense juste au fait qu'en sixième il ne faut pas arriver en souriant auprès des garçons, ni avoir l'air de les coller. On essaie d'être naturelles, c'est-à-dire de faire comme si un garçon était une fille, mais en sixième, ça n'a rien à voir. Sans doute parce qu'Aron redouble. Donc on se retrouve en face d'un cinquième. C'est Cléa qui m'a expliqué ce décalage et je pense qu'elle a raison. C'est impressionnant. Si je regarde vers Cléa, je vois le banc d'Aron et Thomas. Donc je regarde de l'autre côté, un banc sur lequel il y a deux vieux.

Je dis vieux, mais je crois bien que le monsieur est plus jeune que mon père.

Juste après, Zoé et Irina arrivent. On fait banc commun sans hésiter et la soirée où elles sont invitées samedi devient notre seul sujet de discussion. « Une soirée ? s'offusque Cléa. Mais pourquoi on n'est pas invitées, nous ? »

Quand elle apprend que ça se passe chez Aron, elle devient carrément verte. Moi, quand j'entends la date, samedi 3 octobre, je n'ose pas dire ouf. Et je m'offusque à mon tour. Mais en vrai, le 3 octobre, c'est l'anniversaire de mon père. Soixante et onze ans, ça se fête… Si j'avais été invitée à la soirée d'Aron, on aurait dû anticiper l'anniversaire ; or mon père est né à 17 h 40 et vu son âge, ma mère n'aurait jamais pris le risque de le lui fêter en avance, à midi par exemple. Ça porte malheur. À la soirée de ses soixante-dix ans, on était avec Maggie au restaurant, c'est papa qui avait tout organisé, même la pièce montée macarons pour me faire plaisir. À la soirée de ses soixante-neuf ans, on était juste tous les trois, et on avait fait une fondue suivie d'un baba au rhum. C'est moi qui avais découpé le pain pour tremper dans le fromage, mais finalement on avait mis de la viande.

En tout cas, samedi, je ne suis pas libre. Donc heureusement que je ne suis pas invitée. Mais Cléa ne l'entend pas de cette oreille.

– Attends Guilène, Aron nous parle, il fait style je suis sympa avec vous, et il invite certaines personnes et pas nous ?

– Peut-être qu'il nous préfère, répond Zoé.

– Oui, enfin peut-être qu'il vous connaît moins, précise Irina.

– Quoi ? tempête Cléa. Il nous connaît autant que vous...

– Je pense qu'il est un peu amoureux d'Irina, en fait, dit Zoé.

– N'importe quoi ! répond Cléa. Il ne regarde que Guilène !

Ça me concerne ? Alors là, je n'en reviens pas. Guilène ? Moi ?

– Ah bon ? dis-je.

– Ben oui, chouine Cléa, tu n'as pas remarqué ? Quand il te voit le matin, il arrête de parler pendant au moins une seconde. Il suspend son mot.

– Il quoi ? demande Zoé.

– Oui, il suspend son mot, affirme Cléa. Il se

tait, quoi. Comme s'il ne pouvait pas parler et te regarder en même temps.

– Et pourquoi tu me l'as pas dit avant ?

– Parce que je ne vais pas tout t'expliquer ! Déjà que je t'explique qu'on ne doit pas jouer à la corde à sauter au parc...

Normalement, en tant que meilleure amie, Cléa, même énervée, ne devrait pas me balancer des vacheries devant les autres ou mettre en avant mes faiblesses. Je dois pouvoir compter sur elle. Elle, sur moi. J'ai un doute : en sixième, l'amitié doit-elle devenir vache ? Passons... Je sens ma peau de reptile qui me recouvre. Elle vient me défendre quand la mienne est trop fine pour supporter une étrangeté. Aron et Thomas marchent vers nous. Je vais tenter de vérifier ce que je viens d'entendre. Aron fait-il une seconde de silence et me regarde-t-il bizarrement avant de me parler ?

Pas du tout. Il se lance direct.

Soirée Mont d'Or

« Une soirée Mont d'Or ? Mais c'est complètement débile. Une soirée fromage mou qui pue, c'est ça ? »

Quand ils sont partis, avec Cléa, on a éclaté de rire comme deux meilleures amies dont une qui n'aurait pas mal pris que l'autre évoque en public son penchant pour la corde à sauter.

Évidemment, quand Aron est venu nous inviter chez lui le 3 octobre, on s'est bien gardées de critiquer quoi que ce soit.

– Vous aimez le fromage ? nous a-t-il demandé sans faire une seconde de silence.

Cléa a pensé que c'était peut-être un piège, donc on a répondu la même chose :

– Mouais, ça va, ça dépend.

– Ça dépend quel fromage et ça dépend quand,

a complété Cléa qui possède ce truc hyper précis en elle, sans doute sa part japonaise.

– Du Mont d'Or. Samedi prochain. Chez moi. Je fais une soirée fromage, a répondu Aron.

Thomas était à côté d'Aron, il a répété « soirée fromage » et précisé l'horaire : « 18 h 45. Est-ce que vous pouvez apporter des chips ? »

Avec Cléa, on s'est senties vraiment femmes. Elle m'a souri comme si aucune pique n'avait jailli de sa bouche quelques minutes plus tôt. On leur a répondu qu'on devait demander la permission à nos parents, mais quand ils sont partis, un souffle de liberté nous a traversées, alors on leur a crié : « En fait, c'est d'accord, on est libres ! » Sauf que quand ils ont dépassé le banc huit, pour rejoindre la sortie, on s'est regardées et on a remarqué qu'on n'avait pas du tout demandé la permission. Là, j'ai lâché : « De toute façon, le 3 octobre, j'ai l'anniversaire de mon père. »

Il y aura dix personnes au total chez Aron. Il faut finir tous les Mont d'Or. Son père en a rapporté plusieurs de la montagne, mais il entame actuellement son jeûne de septembre, une cure de raisins qu'il fait chaque année pour attaquer l'hiver en forme. Sa mère, quant à elle, est enceinte et ne supporte plus de sentir leur odeur dans le frigo, donc elle souhaite les écouler et elle a chargé Aron de les finir. Il a accepté à condition de faire une soirée avec quelques amis et ça a marché. Mais une soirée, en octobre de sixième, c'est possible ou pas ? Je n'ose pas poser la question. On passe directement du goûter de CM2 à la soirée ? Waouh ! C'est trop rapide. Ça fait un petit choc. Je suis tellement contente de ne pas pouvoir y aller que j'en souris.

Cléa, elle, se mord les lèvres. Elle pense que son père sera d'accord mais pas sa mère. Ses parents se sont déjà disputés à ce sujet. Azumi couve trop Cléa et son père lui reproche de rendre la maison suffocante. Voilà pourquoi c'est une maison zen sans objet nulle part. Azumi jette tout afin que son mari ne manque plus d'air. Mais ça ne marche pas, regrette Cléa. Chez moi, c'est marrant. À l'inverse, on garde plein d'objets, même une machine à coudre du XIXe siècle dont on ne sait pas se servir, mais on respire. Ce qui pourrait me faire suffoquer, moi, ce serait de devoir danser, là, tout de suite, à une soirée. Je suis un peu contente qu'Aron m'ait invitée mais je détesterais absolument participer. À la maison, je suis naturelle. Ailleurs, je ne peux pas m'empêcher de mordre l'intérieur de mes joues pour avoir l'air plus mince ou bien je marche comme un crabe pour faire croire que je suis tout à fait légère. En gros, je bénis mon père d'avoir son anniversaire pile le jour de cette soirée. Je n'aurais jamais su comment m'habiller.

On vient de passer à table. Maman m'a fait raconter deux fois ma sortie au parc, curieuse de savoir si on s'est bien amusées.

– On ne s'amuse pas. On est en sixième, maman, tu crois vraiment qu'on s'amuse ? Qu'on joue à chat ? Non, on parle, on s'assoit sur un banc et on parle.

– Et de quoi ? me demande-t-elle. De l'école ? Des vacances ? J'adore savoir de quoi vous parlez ! C'est trop mignon !

– Certes, mais ça va te regarder de moins en moins..., lui répond papa.

Là, c'est étrange, mais je me sens encore coupée en deux. Oui, je suis bien chez moi mais la perspective de cette soirée où je n'irai pas m'a fait vieillir. Du coup, les questions de ma mère me semblent soudain irrecevables. Zut, je ne suis plus un bébé, je suis invitée à une soirée, je ne vais pas lui faire un compte rendu de mes sorties au parc.

– On parle de la faim dans le monde, du tri des déchets, des jeûnes et des cures de raisin, lui dis-je le plus naturellement du monde.

Mes parents se regardent.

– Ah ! Ça me fait penser que je n'ai pas sorti le fromage, dit papa en se levant, il est plus goûtu à température ambiante. Tout s'est bien passé au cabinet, Chantal ?

Je vais mourir... Je suis en sixième et normalement papa et maman n'ont plus le droit d'employer le mot « cabinet ». Je bouche mes oreilles ostensiblement, et ils pouffent.

– Pourquoi tu ne manges pas ? s'inquiète maman. Tu as fait trop de roller ?

– Non, elle ne fait plus de roller. Elle parle de listeria sur un banc, lui répond papa.

Elle éclate de rire. Depuis que je suis entrée en sixième, je ressens des hauts et des bas. Un peu comme des nuances dans les couleurs. Il n'y a plus ce grand bonheur rose ou cette petite colère gris souris. Là, je suis carrément de mauvais poil. Je suis à deux doigts de leur dire que je ne serai pas là pour l'anniversaire de papa parce que j'ai une soirée mais je ne dis rien. Tout simplement parce que je me rappelle que je n'ai pas envie d'aller à cette soirée. Je n'ai même pas de short en jean, et je n'ai jamais dansé qu'avec papa, la valse, au bal des pompiers des Bains-Plage.

Fromagisme passif

De son côté, Cléa a essuyé un refus. Le problème n'est pas la soirée, mais le Mont d'Or. Sa mère s'oppose formellement à ce que Cléa en mange. Les vapeurs de fromage de vache sont nocives pour les bronches. Cléa est dégoûtée, elle ne sait pas comment le dire à Aron. Du coup, quand il nous demande si on vient toujours, on répond « Ouais, bien sûr. Avec des chips. » Elle peut difficilement évoquer cette histoire de fromagisme passif. Et moi je passe sous silence les soixante et onze ans de mon père.

Cléa parle de cellule de crise. Je lui conseille de se taire parce que Mme Ivano n'arrête pas de nous regarder, mais Cléa a eu dix-neuf à son dernier devoir, alors c'est plutôt moi qu'Ivano regarde. À cause de mon mathématisme passif. Elle s'empare de mon cahier d'exercices à la maison, l'horreur de deux centimètres d'épaisseur au protège-cahier vert pomme.

« Zéro ? répète la prof de maths. Tu as répondu à zéro exercice, Guilène ? Sais-tu que zéro c'est moins que… un ? Qu'as-tu à me répondre, Guilène ? Tu es bouchée, Guilène ? »

Toute la classe pouffe. Pas la prof. Ni Astéride. Ivano ne peut pas m'accuser d'avoir les cheveux dans les yeux puisque j'ai mis une barrette. J'ai légèrement peur mais je ne le montrerai pas. Sûrement pas ! Elle est sadique, cette bonne femme. C'est ma mère, elle-même, qui s'est permis de l'évoquer à cause des seize exercices. Devant la classe écroulée de rire, je ressens une sorte d'élan intérieur. Je me demande si, à mes dépens, je ne suis pas en train de devenir un pitre. Moi qui suis si timide, je m'épate. Il y a quelques jours, je prévoyais encore d'avaler la fève d'une galette des rois pour passer inaperçue. Mais quand il s'agit de braver par mon silence la prof de maths qui regarde ma feuille vierge, j'excelle. Je sais bien que tant qu'elle s'énerve sur moi, elle ne s'occupe pas du reste de la classe, donc en ce moment même, c'est clair, tout le monde me vénère.

– Guilène, reprend Mme Ivano… Tu n'as pas fait tes exercices ? Depuis mercredi, tu n'as rien fait ?

– Ben…

– Ben quoi ?

– Ben non…

– Et pourquoi ? Vas-tu me le dire, gourdiflote ?

– Quand il y en a seize…

– Oui, Guilène ?

– Quand il y en a seize… On ne sait jamais par lequel commencer, et…

– Et ?

– Et…

– Et ?

Je ne m'en sortirai pas, je le sais. En dehors de ma barrette, je n'ai rien pour plaire à Mme Ivano. Elle est prête à gâcher son cours pour me torturer. Elle répète :

– Guilène ?

– …

– Guilène, tu n'as fait aucun exercice ?

La classe ne pouffe plus du tout. On comprend, au ton de la prof, que l'humeur n'est pas à la rigolade. J'en oublie de penser au conseil de mes parents quand je panique : « Imagine Mme Ivano aux toilettes. » Non, là, franchement, je ne peux pas. Je ne suis pas apte à imaginer quoi que ce soit. Je sens la brise de son grand corps maigre tourner autour de mon bureau en répétant « zéro exercice ? ». À tel point que je me demande si on va travailler un peu durant ce cours de maths ou bien en revenir sans cesse au même constat : Guilène a fait zéro exercice.

– Et puis-je te demander pour quelle raison tu n'as pas fait ton travail, Guilène ?

Ça recommence.

– Ben…

– Oui ?

– Seize, c'est quand même beaucoup de travail, alors j'ai…

– Tu as ?

– J'ai…

– Tu as ? Perdu ta langue ?

– J'ai préféré paniquer.

– Mais bien sûr, me répond Mme Ivano. Pauvre chérie ! Eh bien, tu paniqueras bien davantage mercredi prochain. Je te donne quatre heures de colle. À ton avis, ça fait combien de minutes de colle par exercice non fait ?

– …

– Guilène ?

– …

– Les autres ?

– …

– Répondez ou c'est punition générale !

Elle s'éloigne de ma chaise, donc je réussis à mieux me concentrer sur le conseil de mes parents. Mme Ivano est une personne humaine. Mme Ivano va aux toilettes, Mme Ivano est une personne, Mme Ivano va chaque matin aux toilettes, ou chaque soir, voire à l'école, oui, Mme Ivano va aux toilettes à l'école, Mme Ivano est une personne humaine, avec un cœur, un peu sec, certes, mais qui a sûrement pleuré au moins une fois dans sa vie… Je suis tellement concentrée sur Mme Ivano qui va aux toilettes que je n'essaie pas de résoudre le problème. Par chance, Aron vient d'éclater de rire et c'est désormais à lui que s'adresse la colère de la prof.

– Aron ? Montre-moi tes exercices.

Il lui tend ses feuilles. Il a l'air tout content et plutôt sûr de lui.

– Qui a fait tes exercices à ta place ? demande Mme Ivano après un bref coup d'œil aux feuilles.

– Moi, répond Aron, en se tenant bien droit.

– Qui a fait tes exercices à ta place ? répète-t-elle.

C'est fou cette façon qu'elle a de répéter les

choses avec tant d'amertume. C'est une honte de s'adresser ainsi à des enfants. Elle veut nous effrayer ! Et ça marche. Cléa est verte, Zoé est rayée rose et rouge, Bamba est fuchsia. Je me demande si dans l'histoire, on ne va pas recenser une ou deux crises cardiaques. On prie pour que l'exercice d'alerte intrusion ait lieu, pour que les pattes arrière d'Astéride balancent son foin hors de sa cage, pour que quelque chose se passe et nous libère de la torture. Le cours a à peine commencé et j'ai déjà l'impression que les deux heures ne s'écouleront jamais. Mais qui a inventé deux heures de maths à la suite avec une prof comme Mme Ivano ?

J'essaie autre chose. Je pense au jeu de société du soir, à la boîte en fer rouge et bleu qui m'attend, au bruit de papa et maman dans le couloir quand je commence à m'endormir, à leur façon de marcher à pas de loup pour ne pas déranger mon début de sommeil, à la main de maman sur mon visage le matin, à son nez qu'elle fourre encore dans mon cou avant de m'embrasser. Je veux bien qu'ils aient d'un coup quatre-vingts ans et des cannes si c'est pour que ce cours s'arrête.

– Guilèneuuuuuuuu ! Quatre heures de colle

pour seize exercices non faits, ça fait combien de minutes de colle par exercice ? reprend Ivano.

– …

Maman dit toujours que la panique est mauvaise conseillère. J'ai chaud de peur, mes cheveux goutent. Ma barrette va finir par glisser.

Les cours de maths sont tellement éprouvants que la classe en sort généralement très soudée. Nous sommes dix-sept à être collés mercredi prochain. Les dix qui y ont échappé se demandent encore pourquoi, puisque certains avaient tout faux et d'autres pas terminé leur travail. Pendant le déjeuner, on entend revenir les mots « sadique », « horrible », « perverse », « méchante », et même « moche » parce qu'après tout, ça n'empêche pas. Tout le monde est d'accord, du coup Aron invite plein de monde à sa soirée. Et même carrément la classe. Trente personnes chez lui au lieu de dix. Il n'a aucun doute là-dessus : ses parents seront d'accord. La situation de crise transforme la soirée Mont d'Or en dîner de classe et on décide de nommer un délégué parce qu'il va falloir lutter contre Mme Ivano. Le vote aura lieu pendant la soirée. Qui se présente ?

Là tout de suite, je fais comme avec la future fève. J'avale ma salive et je garde la bouche fermée. Un délégué de classe a pour mission de prendre la parole au conseil de classe devant les professeurs mais aussi devant les élèves, très régulièrement, afin d'évoquer divers sujets. Le délégué écoute tout le monde et autant que possible règle les problèmes. Donc être déléguée n'est a priori pas mon truc. Je me sens infiniment trop légère pour m'alourdir avec les problèmes mentaux de mes camarades.

Cléa lève le doigt pour se proposer, ainsi que d'autres élèves. Ils sont au moins vingt à souhaiter devenir délégués et Aron note leurs noms. Je suggère à Cléa de ne pas se présenter puisqu'elle ne va pas à la soirée, mais elle m'explique que sa candidature est une nécessité. Ses parents aiment l'engagement, quel qu'il soit. S'il est politique, ils reviendront sûrement sur leur décision et accepteront qu'elle se rende à la soirée. Avec un masque.

– Avec un quoi ?

– Un masque. À Tokyo, on en porte un quand on est malade, afin de ne pas contaminer les autres. J'en porterai un pour éviter d'être victime de fromagisme passif et puis voilà.

De mon côté, je fais du papaïsme actif. J'irai à l'anniversaire de mon papa. Je suis beaucoup trop petite pour un dîner de classe. Je suis même si petite que j'ai peur d'avouer la vérité. Alors quand Cléa me demande si je me suis arrangée pour venir, pour passer au moins, je lui réponds sans hésiter: « Oui oui, bien sûr. »

Le plus-que-passé

Allez expliquer à des parents, surtout à des parents vieux, que quatre heures de colle sont injustes et n'ont absolument pas de raison d'être… Eh bien, rien de plus facile. Quand ils apprennent que je suis collée à cause de mes seize exercices, mes parents veulent savoir si j'ai vraiment eu tout faux. J'acquiesce, mais je n'ai sans doute pas l'air assez convaincue.

– Vraiment tout ? Mais c'est que tu as mal compris ! Pourquoi es-tu punie ? demande papa.

– Tu n'as pas été impertinente, Guilène ? enquête maman.

– Mais non, Chantal… Peut-être que ce n'est pas une vraie colle, suggère papa, c'est une sorte de cours de soutien de rattrapage ?

– Le soutien de rattrapage n'existe pas, Clément.

Ou c'est le soutien ou c'est le rattrapage, corrige maman. Reste précis, s'il te plaît, comment veux-tu que ta fille le devienne si tu ne donnes pas l'exemple ? On reprend, Guilène. C'était des fractions, c'est ça ?

– Un peu.

– Tu vois, Clément, ce que donne l'approximation ! Un peu quoi, ma Guigui ?

– Un peu des fractions, un peu des... diminutions, des...

– C'est quoi, ça, les diminutions, Guilène ?

Et là, j'avoue direct, parce que maman qui commence à me harceler comme la prof de maths et papa qui s'exalte autour de ce qu'on dit, ça ne va mener nulle part.

– En fait, je ne les ai pas faits. C'était trop. Je n'ai pas réussi, dis-je de ma plus jolie voix basse.

– Mais enfin Guilène, souffle maman, tu dois faire tes exercices ! C'est impératif !

Je commence à pleurer. Ça, mes parents ne le supportent pas. Si une larme s'aventure sur mon visage, les deux yeux de ma mère sont immédiatement humides. Mon père, lui, fronce les sourcils gentiment, tellement gentiment que je redouble de sanglots.

– Tu n'as pas compris tes maths, ma grande, c'est ça ? me demande maman en venant se consoler dans mes bras.

Je hoquette. Le pire, c'est que ça me rend toujours infiniment triste de m'entendre pleurer. Je raconte combien Mme Ivano est méchante. À cause d'elle, les maths sont devenues ma hantise. Je précise qu'on va élire un délégué pour revendiquer nos droits et, à l'avenir, empêcher d'autres humiliations. Puis je raconte sa façon de m'interroger en boucle, moi, puis Aron, puis Dorotille, puis Ophé et Zoé et Irina et Tofer. Et Ménéhiade. Même Thomas. Même Espérance. Même Paul. Même Verdjic. Papa m'interrompt :

– Bon, ça va, on a compris.

– Ne la coupe pas, Clément, il faut que ça sorte, regarde dans quel état on nous l'a mise ! chouine maman.

– Qui ça ?

– Mais l'Éducation nationale !

Là, j'arrête de pleurer parce que le chagrin que ma peine engendre chez maman est exagéré. On sort vite le Monopoly – boîte en fer bleu et rouge –, et mes parents ne me parlent plus du tout des maths. Du coup, je ne dis pas que j'ai dix-sept exercices à faire pour lundi. Je les ferai, ce n'est pas le problème, mais j'ai encore trois jours devant moi, donc autant prendre le temps. De les faire bien.

Chez mes amis, chacun a son portable, mais chez nous il y a un poste fixe. Beaucoup plus agréable, selon mes parents. Le portable, c'est seulement en cas d'urgence, et ils reconnaissent « la praticité de l'objet » quand on s'en sert à bon escient. Oui, il y a des gens de cinquante-six et soixante-dix ans et demi qui sont modernes. Mais mes parents ne sont pas modernes. Le père de Cassandre doit avoir l'âge du mien, en pire si ça se trouve, mais il s'habille très bien, on dirait un acteur américain, il a les cheveux gris et mi-longs, c'est une espèce de Vianney vieux. Et sa mère a trente ans de moins. Mon père, on dirait plutôt un troll. Il est chauve, mais chauve comme dans l'ancien temps, chauve au milieu et pas sur les côtés. Il a des taches sur la figure, des rides, pas autour des yeux comme des soleils, plutôt autour de la bouche, qui tirent tout le visage vers le bas, comme un boxer. Il le dit lui-même, avant de préciser que le boxer est un chien gentil et très fidèle. « Et surtout collant ! » plaisante maman qui semble se satisfaire du physique de papa. Certes, de son côté, elle fait très attention à ne pas se transformer en mémère. On sent que ça compte pour elle, de « rester alerte » comme dit mon père, de ne pas se laisser vieillir, alors elle essaie des excentricités qui se bornent au choix d'une couleur vive ou à quelque chose qu'elle repère dans un magazine et trouve « possible » pour elle. Mais je me demande si ces essais ne la rendent pas plus ringarde encore. Elle a essayé le nude, mais on en garde un curieux souvenir. Cette teinte lui efface la bouche. Quand elle en porte, c'est comme si elle était déjà morte. Il n'y a rien à faire, elle est classique. Même son prénom. Franchement, quand on s'appelle Chantal, on ne peut même pas espérer avoir un surnom convenable. Quand elle est bourrée, sa copine Maggie l'appelle Chantinette ou Chantalou. Bo, le copain de papa, l'appelle Chanchou.

Couc sonne le demi-coup de 21 h 30.

« C'était Aron ! répond ma mère depuis le salon quand je crie pour savoir qui a appelé. Mais je lui ai dit que tu étais couchée. »

Je déboule dans le salon.

– Aron ? Et tu lui as dit que j'étais couchée ? Mais ça va pas la tête ?

– Guilène, je lui ai promis de te transmettre son message. Vous vous verrez demain ! Il a l'air sympa cet Aron.

Papa se racle la gorge avec l'idée de faire une réflexion, mais je repars dans ma chambre avant de l'entendre. Je mords mes lèvres, je garde tout pour moi. Si j'avais un portable, Aron aurait appelé dessus et j'aurais pu lui parler. Mais évidemment, je n'en aurai jamais, parce que mes parents n'en voient pas l'intérêt. Ils préfèrent m'emmener au cinéma, au spectacle, au musée ; voilà ce qu'ils me répondent quand j'en demande un. Je n'ai qu'à emprunter ceux de mes amies quand je veux les appeler pour signaler un retard. Les forfaits sont illimités aujourd'hui, donc il paraît que je peux toujours passer un coup de fil en cas d'urgence. « Et sinon Guilène, tu regardes ta montre et tu rentres à l'heure ! Comme on faisait dans le temps ! » Ah ça oui, avant, le passé, l'imparfait, le temps, c'est une époque qu'ils connaissent bien. Et moi, comment je fais, maintenant ? Et après ? Oui, demain ? Le futur ? Comment je vais faire dans la cour ? Je vais expliquer qu'à 21 h 30, chez moi, on ne transmet pas les appels ? La honte totale. Je suis tellement énervée que je serais capable de faire mes maths pour me calmer.

Un cadeau qui pue

Annulée? Mais c'est impossible. On n'annule pas une soirée fromage pour une question de place. Pourtant si. Aron a invité trop de monde. Sa mère avait accepté dix amis. Mais trente, c'est impossible. «De toute façon, on ne peut rien lui demander à ma mère en ce moment», se plaint Aron.

Au fond de moi, je suis très contente. La soirée est annulée donc je n'ai même pas besoin de dire que je n'y serais pas allée. J'essaie quand même de trouver une parole réconfortante. C'est Cléa qui m'a expliqué qu'après avoir ignoré un garçon, on peut se permettre de lui parler, surtout s'il est dans l'embarras. L'essentiel est de lui montrer que je suis beaucoup plus forte que lui. «Ce n'est vraiment pas ta faute Aron, t'as pas fait exprès…»

J'ai beau réfléchir, je ne trouve pas mieux à dire.

Aron ne me répond rien – je le comprends – mais il sort de son sac un paquet.

– C'est pour toi, Guilène. C'est un Mont d'Or. J'ai pensé que ça te ferait plaisir de pouvoir y goûter malgré tout. Je ne te l'ai pas chauffé, tu le feras ?

– Oui, heu... merci beaucoup, je le mangerai en rentrant, pour mon goûter.

Jamais on ne m'avait offert un fromage. La classe se regroupe autour de nous mais j'ai déjà rangé mon cadeau au fond de mon sac à dos. Aron explique à tous qu'il est désolé. Il répète que la soirée n'aura pas lieu. À son ton, il semblerait qu'on va l'amputer d'un bras.

La sonnerie interrompt les soupirs et les râles de désespoir, annonçant le début des cours et celui du calvaire pour mon sac à dos. Qui a déjà fait l'expérience d'enfermer un Mont d'Or dans un sac pendant une journée ? À chaque fois que j'ouvre la fermeture Éclair, Cléa a un fou rire. C'est la seule à savoir que j'ai reçu ce cadeau. Elle a semé le doute dans mon esprit en me demandant si je suis sûre que ça s'apparente à une marque d'affection. Est-ce qu'Aron, comme elle le soupçonne, n'a pas voulu se moquer de moi ? Je ne dois pas me laisser embrigader par ce pessimisme japonais.

Trois rangs devant moi, Aron se retourne de temps à autre pour m'adresser un petit sourire. Mais que me veut-il ? Pendant le cours d'anglais, il m'adresse même un signe avec son index qui dessine des ronds sur lui-même. Si j'avais un téléphone, je pourrais chercher sur Internet ce que ça veut dire. Je plisse les yeux pour montrer que je pige à moitié, mais il recommence le même geste. Du coup, je réponds la même chose et il me fait pouce avec le doigt. En tout cas, il est d'accord avec moi. C'est assez simple, les garçons. Surtout ceux qui offrent du fromage et s'expriment en langage sourd-muet.

Il faut que j'attende l'intercours pour comprendre que ce roulement d'index signifiait « on se parle après ». Donc on se parle maintenant, et Aron me dit :

– Tu as un grand appartement ou pas ? Parce qu'avec Médéric et Thomas, on se disait qu'on pourrait faire le dîner de classe chez toi. Chacun apporterait quelque chose, des chips, du Coca, du saucisson et voilà...

– Oui, ou des olives. (Je ne sais jamais quoi répondre dans les conversations usuelles.)

– Exactement, me répond Aron. À ton avis, ils vont dire oui ? Ils sont comment, tes parents ?

Stricts ? Sympas ? Cléa nous a dit qu'ils sont très gentils...

Ravie que ma copine parle ainsi de mes parents, je confirme :

– Oui, plus cool qu'eux je connais pas... Ça devrait pas poser de problème.

Les copains rappliquent. J'adore avoir tout ce monde à mes trousses parce que, mine de rien, être populaire c'est confortable.

– S'ils acceptent, je vous téléphone ce soir, OK ?

– OK, dit Aron. Tu m'appelles moi, et je préviens les autres.

– J'apporterai du Coca, propose Médéric.

– Moi, des cacahuètes, dit Thomas.

– Et moi, des chips de légumes, propose Cléa qui nous a rejoints.

– Si vous voulez, je peux apporter du beurre, propose Ophé, et des biscottes.

– Et moi, du pain ! dit Dorotille.

Toute la classe se groupe peu à peu autour de nous et offre de participer. Aron note les propositions.

– On a trop de pain, dit-il. Quelqu'un pourrait apporter des gâteaux ?

Alors je me propose mais il me répond :

– Non, Guilène, ça se passe chez toi donc tu n'apportes rien. Par contre, tu ranges après.

Je découvre un nouveau monde. À partir de la sixième, on fait des dîners, on organise des buffets, on vote pour un délégué qui nous défend, alors je peux bien passer outre l'âge de mes parents. Ce qui compte, c'est qu'ils soient là pour m'aider à ranger après la soirée.

En rentrant chez moi, je suis coupée en deux. Plutôt confiante sur la réponse qui va m'être faite. Soudain affolée à l'idée que ma classe rencontre mes vieux parents. Je pense à ce qu'il va falloir modifier dans l'appartement pour qu'il ressemble un peu moins à un musée de vieilleries. Je pense à ma tenue aussi. Ma jupe à trois volants en tulle rose ? Mes ballerines à paillettes ? Et mes cheveux ? Auront-ils le temps de pousser jusqu'à mes fesses pour que je fasse une tresse autour de ma tête, comme une petite Autrichienne ? Papa adore. Si ça se trouve, c'est ridicule. Qui va me le dire ? Est-ce que Cléa va tout répéter aux autres si je lui pose des questions débiles sur comment survivre au mieux à sa première soirée ?

Oui est leur credo

Il ne lui a même pas fallu dix secondes d'hésitation pour dire oui. Maman n'a tiqué ni sur le nombre d'invités ni sur la date. Trente copains. Samedi, 18 h 45. En fait, si je suis honnête, maman dit rarement non. Elle évalue toujours les situations en termes de joie ou d'ennui. Tout ce qu'elle a cherché à savoir, c'est si papa ne trouvait pas pénible de recevoir ma classe pile le jour de son anniversaire. Elle a procédé le plus simplement du monde, l'interrogeant d'un « t'es OK ? » auquel il a répondu par « évidemment ». Son seul tracas à présent que tout le monde est d'accord sur le fond, c'est ce qu'elle va nous faire à manger. Je lui explique qu'on a déjà tout prévu. Pain, chips, beurre, cacahuètes et même Granola, mais elle ne veut rien entendre. « Guilène, tu ne vas pas inviter trente amis pour une jolie fête et leur offrir du pain et des cacahuètes ! »

Cela permet à papa d'évoquer la soirée pourrie où ils se sont rendus il y a quelques mois. Ils s'en souviennent parce que ce n'est pas si souvent qu'ils sortent, et surtout parce que le couple qui les a invités pour fêter ses dix ans de mariage a convié les gens à partir de 21 h 15, afin qu'ils aient déjà mangé. Le couple a demandé aux invités d'apporter la boisson et leur a servi en tout et pour tout un saladier géant de cacahuètes, et un autre de fraises Tagada. Ma mère ne supporte pas de mal recevoir, qu'il s'agisse de ses amis ou des miens. « Donc, pour ta soirée, nous allons tout faire au mieux avec le temps qui nous reste ! » me dit-elle en feuilletant son classeur de cuisine.

Il faut que j'appelle Aron mais j'ai peur. Pour le moment, maman se concentre un peu trop sur les pages des gratins et je sens que ça risque de faire vieux. Je la dissuade aussi sec : « On n'a pas assez d'assiettes, ce n'est pas pratique pour manger avec les doigts, ça fait un peu plat de grand-mère », alors elle entend mes critiques et cherche encore. On s'assoit quand même tous les trois pour le jeu du soir. Je les regarde, ils sont vraiment incroyables, mes parents. J'imagine la panique si la mère de Cléa devait recevoir une classe entière chez elle ! Nous, on ne déroge pas à notre rituel de jeu de société. Je regarde l'heure tourner. Je dois me décoincer et prévenir Aron. De temps en temps, ma mère interrompt le jeu en déplaçant les meubles dans sa tête.

– On va plutôt mettre le canapé contre le mur du fond, qu'est-ce que tu en penses, Clément ? demande-t-elle à mon père.

– Et la table, on la laisse là pour le buffet, non ? lui répond-il.

Ils ont déjà appelé Bo, le copain de papa, pour qu'il vienne brancher la musique. Papa a proposé des disques, mais ma mère lui a fait les gros yeux.

– Non, Clément, pas tes disques. Tu arrêtes tout de suite.

– OK. Je sais. Mais c'est quand même mes soixante et onze ans… Donc j'aurais apprécié d'entendre notre slow.

– Ton quoi ? je demande.

– Notre chanson, à ta mère et à moi, me répond papa.

– Ah non, au secours ! Vous allez pas… Enfin je veux dire, vous n'allez pas danser là, en plein milieu de nous ?

– Faut voir, plaisante papa.

Il commence à chantonner leur slow allemand, ma mère ricane bêtement, elle dit qu'ils se le passeront quand les invités seront partis. Au secours! Je déteste quand ils roucoulent tous les deux et quand papa parle allemand.

– Stratosphère! crie-t-il soudain en se précipitant sur son mot croisé. Mais je suis bête ou quoi? Je suis resté coincé toute la journée, et c'était stratosphère! Merci, le Scrabble!

Voilà. Je pense à ma soirée, papa décoince son mot croisé grâce à notre Scrabble ou à son slow allemand, maman bouge encore les meubles dans sa tête et, retenant ma respiration, je file appeler Aron qui commence par me demander si le fromage était bon. Du coup, je me rappelle qu'il faut que je le sorte de mon cartable. S'ensuit un long blanc...

– Alors? T'as bien aimé?

– Oui, vraiment délicieux. J'en ai pris deux fois et mes parents aussi...

Aron refait un blanc, alors j'illustre mon propos d'un joyeux «miam-miam». Comme il ne dit toujours rien, je le secoue un peu:

– Bon, mais Aron, ce n'est pas pour parler fromage que je t'appelle, c'est parce que mes parents ont dit oui. On peut faire le dîner de classe à la maison!

Il pousse un cri de joie…

– C'est trop génial ! Tu es géniale, Guilène, j'appelle tout le monde, tu es trop trop forte ! Je viendrai t'aider.

– M'aider à quoi ?

– À préparer le salon, à pousser les meubles, à mettre la musique…

La musique ? Lui aussi ?

– J'apporterai les fromages, prévient Aron.

Je dis oui à tout. C'est plus simple avec Aron. Il viendra à 17 heures pour aider. Et surtout, il viendra avec ses fromages.

Feuilleté amour-fromage

Couc vient de pousser dix coucous, et je me demande si elle sort de lui, cette odeur, cette odeur de… Je me jette sur mon sac à dos, j'en sors le Mont d'Or et je crie : « Maman, au secours ! »

Évidemment, ma mère arrive en courant parce que slow allemand ou pas, c'est un cri qui l'émouvra toujours. Je lui tends le paquet en lui expliquant que j'ai oublié de le sortir de mon sac et que ça sent le vieux rat mort. Elle l'ouvre délicatement. Le fromage a coulé partout dans le sac plastique. Mon père arrive en se bouchant le nez, et tous deux concluent dans un rictus :

– Une fois fondu, ça va sentir très fort, quand même…

– On s'en fiche, on ouvrira les fenêtres, répond maman. Trente ados, faut aérer !

– Par contre, ce serait bien qu'on ne leur fasse pas avaler du papier, ajoute papa en extrayant du fromage une feuille à petits carreaux.

– Qu'est-ce que c'est que ça ? demande maman.

– Je crois qu'il s'agit d'un mot pour toi, répond papa en me tendant le papier dégoulinant de Mont d'Or chaud.

Je referme ma porte, le mot à la main. Un mot tout gras, signé Aron. Il est écrit :

« Guilène,

Même si tu as un prénom bizarre, je te trouve normale. Même si tu portes parfois de drôles de jeans à plis, je te trouve super. Même si tu es une fille, j'aimerais que tu fasses partie de ma bande. C'était un mot pour te donner ce fromage, et j'espère que tu comprends le message caché dedans.

Aron. »

Quel message caché dedans ? De quoi parle-t-il ? Je suis obligée de ressortir de ma chambre et d'aller fouiller dans le sac plastique que maman a posé devant la fenêtre. Je cherche ce qu'Aron a caché dans le Mont d'Or… Sous la chaleur, la croûte s'est fissurée. Du fromage fondu remonte à la surface.

Son message est-il sous la croûte ? Dessus ? Derrière ? Me voilà en train de décortiquer la boîte du fromage. Une fève ? Il aurait glissé une fève à l'intérieur ? C'est ça, le message caché ?

Mes parents déplacent les meubles. Ma mère me répète d'aller me coucher, mon père précise que je dois prendre des forces pour le futur dîner de classe, mais j'ai immédiatement besoin de leur aide. Je leur explique mon problème ; évidemment, ils m'écoutent. Ils semblent même très intéressés par le sujet. Quand ils me regardent, parfois, je me demande s'ils ne sont pas un peu amoureux de moi.

– Il va m'entendre demain, ce garçon qui t'envoie des mots d'amour dans du fromage ! s'esclaffe mon père.

– Mais qu'est-ce que tu racontes ? C'est beaucoup plus marrant que des fleurs, répond ma mère. Aron a l'air amusant !

– Oui, mais il a caché quelque chose dedans, et moi je ne trouve rien !

Je pars chercher le mot pour le montrer à mes parents et là, papa lâche :

– Waouh ! avant d'ajouter : Guilène, ce garçon te dit qu'il espère que tu as compris son message…

Son message n'est pas à l'intérieur du fromage, il est dans le fait de t'offrir un fromage...

– Ça doit avoir un rapport avec *Le Corbeau et le Renard,* observe maman. Il est cultivé, c'est bien. Il faut chercher dans ce sens...

– Vous arrêtez toutes les deux, oui ? dit mon père. Ton copain te dit que tu es une fille bien, voilà. Et il te propose de faire partie de sa bande.

– Ça, d'accord, j'avais compris, c'est ce qu'il a marqué sur le mot ! Mais dans le fromage, y a quoi, papa ?

– Rien ! Le message caché, Guilène, c'est qu'il t'aime bien.

– Mais c'est caché où ?

Papa s'impatiente :

– Allons, allons, Guilène, réveille-toi, ma grande, c'est une image.

– Une image de quoi ? Il a caché une image dans le fromage ? Il n'a rien caché dans le fromage ?

– Pourquoi dit-il qu'il a caché quelque chose dans le fromage s'il n'a rien caché ? demande maman, occupée à trouver la bonne nappe pour le buffet.

Papa tape alors du plat de la main sur la table de la cuisine et lâche :

– Bon, tout le monde au lit, vous êtes complètement abruties, toutes les deux !

Dans mon lit, je ressasse. Et si papa avait raison, et si Aron avait seulement voulu me dire qu'il est amoureux de moi ?

Mais c'est impossible, les sentiments dans les yeux, je veux bien, mais pas avec le *cœur*, c'est trop tôt. Est-ce que je suis normale ?

Je me posais toujours la question quand la mère de Cléa a téléphoné, à 22 h 47, alors je me suis relevée. En raccrochant assez rapidement, ma mère a marmonné que ce n'était pas une heure pour appeler chez les gens. La mère de Cléa voulait vérifier que le dîner de classe avait bien lieu chez moi. Et surtout, que ma mère ne servirait pas ces horribles fromages.

T'en fais pas je sais

Le but de Bo dans la vie, c'est de devenir son propre patron et de monter sa société, si possible une banque. Mais c'est un lève-tard et pour papa les deux ne sont pas compatibles. Quand ils travaillaient ensemble, papa lui a enseigné l'importance de l'exactitude. Alors quand Bo arrive à la maison ce samedi matin à 6 heures en carillonnant à la porte comme si on était réveillés, on est tous atterrés. Heureusement qu'il tient un paquet de viennoiseries à la main. Il commence par s'excuser :

– Vous m'aviez dit avant 6 heures, je suis désolé, je ne me suis pas réveillé. J'avais pourtant mis deux réveils, Clément, comme tu m'as appris, mais le premier a sonné alors que je rêvais que mon réveil sonnait, donc je l'ai éteint, et le deuxième a sonné pendant que je rêvais que j'avais mal éteint le premier... Mais ce qui me fait plaisir, vous voyez... c'est que la machine est lancée : je ne me suis pas réveillé pour autant à midi. Il est, il est...

– Six heures du matin, dit papa, en se frottant les épaules à travers son tee-shirt.

– Six heures deux, précise maman en bâillant.

– Bo..., soupire papa, c'était 18 heures l'idée, pour préparer la petite soirée de Guilène. 6 heures, pas le matin, 6 heures le soir. Tu piges ?

Maman m'envoie me recoucher et dit à papa de faire pareil. Elle prépare un café pour Bo et on verra après. Retournant vers mon bon lit, je jette un œil au salon et je vois les meubles installés. Je rêve à mon dîner de classe, je ressens des petits frissons, j'entends les bruits de la maison. Couc sonne le coup de 6 h 30. Maman a rejoint papa au lit parce qu'elle a passé la nuit à faire des pizzas et des quiches. Bo zappe sur la télé pour tenir éveillé jusqu'à ce qu'on lui demande de s'activer. Il a fait une playlist, il a apporté des spots. Je ne sais pas quoi en penser. Aron a parlé de musique lui aussi, mais des lumières, ça fait peut-être un peu beaucoup, non ? Je vais dormir en attendant que la maison s'éveille. J'appellerai Cléa tout à l'heure. Elle a finalement le droit de venir parce que maman a évoqué les Mont d'Or froids, pour ceux qui le souhaitent, à déguster avant le dessert, et Azumi a accepté. Il paraît qu'elle avait un chat dans la gorge et qu'elle a raccroché très vite, alors maman pense qu'en fait elle pleurait.

Quand je me réveille, il est 10 h 30, et papa et maman ont préparé un brunch. Bo, perché sur un escabeau, accroche des lumières.

– Maggie va passer ce soir ! m'annonce maman avec tant d'enthousiasme qu'elle doit vraiment penser qu'un écho joyeux et positif va sortir de moi.

– C'est obligé ? Pourquoi Maggie ?

– On a bien le droit de faire la fête nous aussi, enfin à côté, dans la cuisine !

– Vous n'allez pas danser au milieu ? Vous me promettez ? Ni mettre le slow allemand ?

– Fais-moi confiance, Guilène, je sais ce que c'est, la honte.

Maman a eu des parents normaux, elle, mais elle a quand même connu la honte en travaillant avec le Dr Blouk. Il arrive à ce dernier de piquer des colères en public, dans la salle d'attente. Tout le monde croit que c'est contre maman alors qu'elles sont adressées au monde en général. Il explose pour n'importe quoi, la météo, un retard de courrier. Il semblerait qu'il va mieux depuis qu'il s'est remarié mais « pendant leurs quinze premières années », comme dit ma mère, les colères du docteur n'ont pas été rentrées. Ma mère n'a jamais cessé de ressentir de la honte quand ça le prend, donc elle ne m'imposera pas la même chose. Pour l'instant, elle prépare des desserts. Pendant que je dormais, mon père est allé acheter du sucre, des œufs et du chocolat. Et j'ai la bonne surprise de voir arriver Cléa. Azumi a noté 11 heures, d'ailleurs elle sort son agenda de sa poche pour le montrer à maman qui la rassure : « Pour un dîner de classe, 11 heures serait un peu tôt mais il n'y a aucun problème, Anne-Zoumi, entrez, entrez, on brunchait, asseyez-vous donc avec nous ! »

Azumi est belle avec ses longs cheveux bruns et raides qui recouvrent les épaulettes de son manteau. Ma mère, elle, a toujours eu le cheveu en panique, aplati par beau temps, frisotté par temps de pluie. Je ne sais pas ce qu'on ressent quand on a une mère avec des cheveux comme des rideaux, mais je ne peux m'empêcher de penser que ça doit être bien. Ma mère l'invite une nouvelle fois à s'asseoir avec nous mais, debout derrière la table, Azumi recule de quelques pas. Pourtant, on n'a pas sorti de fromage. Au bout d'un instant, aidée par Cléa qui la pousse vers une chaise, elle s'approche pour s'asseoir. On sent qu'elle n'a pas l'air bien. Même Bo le sent parce qu'il se lève le temps qu'elle s'assoie. C'est une politesse de l'ancien temps que mon père lui a apprise : quand une femme arrive pour s'asseoir ou quand une femme se lève, enfin quand une femme bouge en général, l'homme doit accompagner son mouvement. Et quand Azumi est assise, Bo s'assoit de nouveau en regardant vers papa pour vérifier qu'il a tout bon. Et moi j'entraîne Cléa dans ma chambre. On a pas mal de choses à évoquer... Mais aussitôt, elle fond en larmes.

– C'est à cause de mes parents, hoquette-t-elle, ils se disputent. Papa va partir... j'en suis sûre.

– Partir où ?

– Partir de la maison. Mais personne ne me dit rien... Maman passe son temps à pleurer. Et moi, je suis triste. Chez nous, on ne brunche pas. Le samedi, papa va faire du sport. Maman range le salon. Elle jette tout ce qu'il y a dans les placards. Elle ne supporte plus rien.

C'est la première fois qu'une amie me confie un problème important. Jusqu'en sixième, je n'avais jamais eu d'amie comme Cléa. J'avais ma meilleure amie de l'année, mais c'était moins complet. J'ai même l'impression que c'était faux. On avait des secrets destinés à faire croire aux autres qu'on s'adorait, de mauvais secrets inventés, des secrets sans connivence. Le problème, avec un secret aussi lourd que celui de Cléa, c'est que je dois apporter une solution, mais laquelle ? J'imagine que le pataquès que sa mère fait vis-à-vis des fromages n'est qu'un aperçu de ce qu'elle est capable de provoquer au quotidien… J'aimerais tant trouver les bons mots, mais je peine. Alors je prends la main de Cléa. Elle sanglote et je réponds en alternance « t'en fais pas » et « je sais ». Je recommencerai certainement parce que son visage change et son sourire revient. « À ton avis, me demande-t-elle, on s'habille comment ? Short ou short ? » On avait dit short mais moi, le mien est trop nul, mon short d'été en liberty rose parce que dans le magasin maman a trouvé qu'il était tellement plus joli qu'un short en jean, et je n'ai pas eu le courage de m'opposer. Je suis ressortie du magasin avec ce short à fleurs colorées alors que j'en aurais voulu un déchiré en jean délavé. Cet été, à chaque fois qu'on a croisé un short en jean, j'ai entendu ma mère répéter : « T'as vu ? Ton short en liberty est beaucoup plus original ! » Je considère que les larmes de Cléa valent bien que je me ridiculise un peu, alors je lui montre mon short. Elle tord la bouche et réfléchit.

– T'en as pas un en jean ?

– Eh non, c'est bien le problème…

– En haut, mets un tee-shirt tout simple alors, me conseille-t-elle.

– Simple ?

– Oui. Uni. C'est la règle. Avec un bas à fleurs, tu dois mettre un haut tout simple. Un tee-shirt blanc, tu aurais ça par exemple ?

– Blanc ? Oui, mais avec deux tortues roses et des écailles en relief.

Le dîner de classe

Quand Aron arrive, on se regarde, Cléa et moi, avec la même envie de rire que quand on voit des cactus. Pourtant, on est en sixième et il est temps de se détendre, c'est-à-dire de ne voir aucune bizarrerie à ce qu'un garçon vienne un peu avant une soirée aider aux préparatifs. On doit montrer qu'on a déjà eu cent soirées dans nos vies et que celle-ci n'en est qu'une parmi les autres. Mais quand même, avoir Aron ici avec nous est très bizarre. Les premiers jours de la rentrée, on le trouvait impressionnant, on ne savait pas dans quelle catégorie le ranger, d'ailleurs on en avait dressé seulement deux : les méchants et les cool. Il n'avait pas l'air cool du tout, du coup on l'avait plutôt mis dans l'autre case. D'autant qu'il était vieux, un peu, pas comme mes parents évidemment.

J'essaie de ne plus y penser, mais c'est dur. Mes parents. Aïe. Que vont dire les autres en les voyant ? Heureusement, Aron a proposé de tirer les rideaux afin de créer une ambiance plus festive. La pénombre lisse les traits mais comble-t-elle les rides ?

Mes parents avaient déjà transformé le salon en salle de bal. Entre la boule à facettes de Bo et le buffet que maman a voulu « en escalier » – installant des boîtes à chaussures sous la nappe pour relever certains plats en hauteur – on s'y croirait. Par chance, mes parents ont planqué pas mal de lampes et tous les bibelots dans leur chambre, ce qui modernise un peu le décor. Le problème qui demeure, ce sont leurs pieds. Ma mère a l'habitude de circuler dans la maison en chaussons, et mon père en chaussettes. Ils ont sans doute prévu d'enfiler leurs chaussures à l'arrivée de mes amis, mais certainement pas avant. À quoi bon déranger les Uzan-Desbottières qui habitent en dessous avec des bruits de talons ?

Donc Aron, comme Cléa ce matin, est reçu par deux vieux en tenues d'intérieur super ridicules. Chez mon père, le jean est une acquisition récente, car il a toujours préféré les pantalons en toile, marine l'hiver, beige l'été. Ma mère, pareil. Version jupe. Elle aime les modèles un peu longs, pas forcément moches même si pas forcément à la mode. Elle les porte avec des ballerines plates. Pour le moment, ils sont tous les deux en jean. Mon père est complètement engoncé, et même s'il a opté pour une toile un peu souple, je le sens mal à l'aise et trop serré au mollet. Quant à ma mère, elle perd l'aisance de mouvement que lui donnent ses jupes amples, et le jean la tasse un peu. Je n'y avais pas pris garde avant l'arrivée d'Aron mais, soudain, ça me saute aux yeux. Le jean lui fait des grosses fesses. Ma peau se hérisse. Je voudrais habiter ailleurs, être quelqu'un d'autre, avoir des parents plus jeunes que moi. Quant à Bo, il salue Aron d'un check et je ne vois pas du tout pourquoi. Mais Aron y répond sans le moindre étonnement. Moi, je suis gênée parce que Bo devrait déjà être caché dans la cuisine. Il n'a plus rien à trafiquer là, à présent que mes amis arrivent. Et pourtant, je sens qu'il va me faire un sale coup, comme se montrer sympa avec tout le monde dans l'espoir de se fidéliser une jeune clientèle. En effet, pendant qu'on préparait la fête, Bo a expliqué à mes parents que pour ouvrir sa banque, il devait créer un lien privilégié avec la jeune génération.

– Au début, les jeunes placeront leurs modestes économies, mais qu'importe, ils auront confiance en leur banque, qui les aura accueillis, même pauvres… Alors ensuite, ils feront des études, ils auront de bons métiers, et ils resteront fidèles à mon établissement qui les aura connus enfants…

– N'importe quoi, lui a répondu papa. Redescends sur terre, Bo ! Crois-tu vraiment qu'à l'heure actuelle des gens, même jeunes, vont confier leur argent à un type qui a décidé d'ouvrir sa banque ? Tu ne penses pas qu'ils vont se diriger de préférence vers une banque dont le nom est connu ? Selon toi, ils vont aller donner leurs économies à Uncl'Bo and Partners ? Alors que tu n'as pas de *partners* ? T'as bu ?

Cette réflexion n'a pas découragé Bo. Cléa en a déjà fait les frais, avant Aron, puisque Bo lui a expliqué qu'une banque était un peu différente d'une tirelire, parce qu'elle pouvait rapporter de l'argent.

« Au banquier ! a dit maman. Au client, c'est plus rare… »

Bo ne s'est pas laissé démonter et a évoqué sa tentation, autre, d'organiser des croisières. Azumi qui était encore là a validé l'idée. Ils ont donc imaginé ensemble des croisières zen avec cours de yoga et de méditation. Ma mère a demandé à mon père de descendre avec elle à la cave pour prendre des chaises, et Bo et Azumi ont continué à parler ensemble. Je crois que c'était l'idée de ma mère. Heureusement, Cléa ignore que ma mère excelle dans l'art de fabriquer des couples. Qui ne marchent jamais. Avec Cléa, on a quand même mis beaucoup de temps à s'habiller, donc on n'a pas pu aider au transport des chaises. Elle porte son short en jean, et moi mon short à fleurs. En haut, j'ai mis mon pull bleu dont j'ai remonté les manches au-dessus des coudes pour qu'il ressemble à un tee-shirt basique. On s'est fait des tresses africaines et on a mis du gloss. Quand Azumi est partie, elle a dit qu'on était trop jolies et c'est la première fois qu'elle avait l'air vraiment sympa et pas trop bizarre. Bo l'a raccompagnée à la porte et il a regardé papa pour savoir s'il devait s'asseoir, se lever. Il était complètement paumé. Quand sa mère a été partie, Cléa m'a répété que ce n'était pas drôle chez elle, et qu'elle n'en pouvait plus de l'ambiance pourrie. Elle a envie que ses parents se séparent. Selon elle, c'est le seul moyen pour que sa mère arrête de jeter le contenu des placards.

Azumi va revenir ce soir pour passer la soirée avec les vieux dans la cuisine. C'est Bo qui le lui a proposé. Pour la mettre tout à fait à l'aise et qu'elle sache exactement qui serait là, mes parents ont évoqué Maggie, la décrivant comme une infirmière à domicile un peu loufoque et très sympa, amie de maman depuis la sixième. Comme Cléa et moi ! J'espère qu'on évoluera mieux parce que Maggie, bon, on l'aime bien, mais elle n'a jamais réussi à avoir d'enfant parce qu'elle n'a jamais réussi à rester avec un homme. Du coup, son truc c'est de raconter qu'elle est un électron libre. Mais elle est plutôt un électron tout seul. Du coup, souvent elle rapplique chez nous. Il paraît que quand j'étais bébé elle aimait me renifler. Elle voulait manger mes pieds. Après, elle s'est transformée en gentille marraine qui me murmure encore, à chaque fois qu'elle me voit, que je peux me confier à elle si je veux. Mais je me confie à ma mère et ça me suffit. En vacances, Maggie nous retrouve assez souvent, parce qu'elle se sent seule. Alors elle prend une chambre aux Bains-Plage ou à Plage-les-Mers et elle tombe amoureuse d'un gars, sur le remblai. Elle nous lâche pour vivre son idylle à fond et puis ça rate. Elle change de coiffure, de teinte de rouge à ongles, et on ne parle plus jamais du gars ou à peine, juste par l'initiale de son prénom sinon elle peut pleurer. On attend le suivant. Le problème, dit mon père, ça va être quand il n'y aura pas de suivant.

Aron a préparé une playlist qui n'a vraiment rien à voir avec celle de Bo. Ensemble, ils checkent toutes les trois minutes. Il a par ailleurs apporté neuf Mont d'Or. Quand il voit tout ce que ma mère a préparé à manger, il a l'air content, mais toujours préoccupé pour ses fromages.

– On ne va pas les manger ? lui demande-t-il.

Dans les yeux de papa, je vois passer un commentaire, du genre : « C'est rare de voir un garçon aussi concerné par des fromages… »

– Bien sûr que si, dit ma mère. Je les mettrai sur le buffet, on a du pain, tout va bien, rassure-toi, Aron.

– Dorotille, Ménéhiade et Espérance apportent du pain elles aussi…

Et en effet, chaque camarade arrive avec quelque chose.

– Vous êtes le grand-père de Guilène, c'est bien ça ? demande la mère d'Ophé en tendant la main à papa.

– Mais pas du tout, dit papa en riant. Je suis le père, l'heureux père, voilà voilà… mais le vieux père, je l'admets !

Rouge de confusion, la mère d'Ophé se rattrape comme elle peut, mais ma mère a l'habitude qu'on prenne papa pour mon grand-père et la met à l'aise. En fait, tout le monde gère très bien la question de l'âge de mes parents, sauf moi.

J'ai déjà trois paquets de chips et quatre baguettes de pain dans les bras. Je me rue pour les poser sur le buffet, et Maggie me rejoint en se dandinant sur ses hauts talons, « Ouh, là là, ma chérie, donne-moi ça que je m'occupe de faire une belle présentation ! » En clair, il n'y a que Bo qui a compris ma demande et qui reste relativement planqué dans la cuisine. En effet, au deuxième coup de sonnette, je lui ai demandé de se rabattre dans le territoire adulte et d'y rester. À présent, il va falloir que je recadre mes parents et que j'impose à Maggie d'aller rejoindre Bo dans sa cachette.

Aron-délégué !

On crie hourra au nouveau délégué ! « A-ron ! A-ron ! » Oui, Aron a été élu à plus de la moitié des voix. Zoé a reçu un bulletin, Irina idem. Du coup, on se demande si elles ont voté l'une pour l'autre ou si chacune a voté pour elle-même. Enzo a eu trois voix, mais c'est le plus nul de la classe et je pense que dans l'ensemble on n'a pas voté pour lui parce qu'on a eu peur qu'il nous défende mal contre Mme Ivano au conseil des profs. Sur les quatre élèves qui se sont présentés, Aron est le plus fort, ça saute aux yeux. En plus, il est cultivé (maman a raison) parce qu'à peine nommé, il lit un règlement qui détaille son rôle et ses futurs devoirs. Il explique qu'il est délégué de tout le monde et pas seulement de ses meilleurs amis, ce qui implique une impartialité. « Aucun favoritisme. Je suis là pour vous tous.

Vous pouvez me téléphoner vingt-quatre heures sur vingt-quatre, oui, n'hésitez pas, à n'importe quelle heure du jour et de la nuit. »

Ce n'est pas moi qui pourrais proposer de tels créneaux. J'imagine un appel sur le téléphone fixe à 2 heures du matin. Oh, vraiment, je l'ai échappé belle ! Et puis j'aurais détesté régler les problèmes des autres. J'en ai tellement moi-même. Je viens d'apprendre que Maya, Paul et Thomas ont cassé la lunette des toilettes en montant dessus. Comme l'incident concerne ma maison et pas la classe ou l'école, je doute de pouvoir demander à Aron d'arbitrer le différend entre eux et moi. Surtout que le différend est très intérieur, de mon côté. Je veux montrer que je suis cool et au-dessus d'un rond de WC, mais je suis quand même un peu en colère parce que le rond est complètement fendu. Comme vient de s'en plaindre Ophé, quand on s'assoit dessus, il pince la peau. Si je vais chercher mes parents pour une histoire de vécés cassés, papa ne va pas se priver de quelques commentaires et maman risque de se lâcher avec un : « Ouh... mais qu'est-ce qu'ils ont trafiqué ces affreux jojos ! » ou « Ils commencent à me courir sur le haricot », ce qui va me rendre l'avenir difficile au collège parce que, d'accord, dans la classe, il y a tous les petits rigolos qui ont la permission de 20h45 mais il y a aussi Rivka et Tania, deux monstres froids dont chaque regard signifie, depuis le début de cette soirée en tout cas, que je ne perds rien pour attendre. Elles sont vertes que le dîner de classe ait lieu chez moi. Elles craignent que ça me rende populaire alors que je ne le mérite pas. C'est bien entendu Cléa qui me l'a répété, oubliant encore une fois qu'une amie est censée ne pas m'enfoncer en me rapportant les méchancetés qu'on profère sur moi.

Selon Cléa toujours, ma bonne entente avec Aron agace énormément. Dans son discours de délégué, il a parlé de moi trois fois. Il a précisé que j'avais su résister à la pression furieuse de Mme Ivano, puis il a demandé aux treize élèves non collés mercredi prochain de venir eux aussi par solidarité envers les autres. Les dix-sept élèves placés arbitrairement en retenue ont besoin de soutien. Tout le monde applaudit. Face à cet élan de solidarité, Aron monte carrément sur la table du buffet. Il est debout, le pied droit caressant la quiche lorraine et le gauche flirtant avec les minipizzas. Maman arrive aussitôt et je ne comprends pas comment elle fait, avec la porte de la cuisine fermée, pour voir ce qui se passe au salon. «J'ai les yeux dans le dos », m'explique-t-elle toujours. Avec un ton que je ne lui connais pas parce que je n'ai jamais pensé à monter sur la table du salon et qu'elle m'a toujours parlé de façon douce, elle prie fermement Aron de descendre avant de le lui ordonner d'une voix plus forte, alors la classe crie « Alerte intrusion ! »

Aron, d'un saut de chat, descend aussitôt de la table, tandis que les autres attrapent les chaises et les agglutinent devant la porte d'entrée pour créer un mur de protection. Puis tout le monde se couche par terre. Par solidarité mère-fille, j'explique à maman qu'au collège, au son d'« alerte intrusion », nous avons l'habitude de refaire l'exercice d'urgence enseigné à l'école.

« Alerte rangement immédiat ! » crie alors papa trouvant l'antidote à l'alerte intrusion. Je le connais, donc je sais qu'il ne veut pas me mettre la honte en étant trop sévère mais on vient quand même de balancer toutes les chaises devant la porte d'entrée qu'il a repeinte le mois dernier. Il faudrait que j'aille lui dire bon anniversaire, il est 18 h 16.

On replace les chaises. Bo monte le son de la musique, mais Aron la coupe ; il est délégué, et quand on en aura terminé avec Mme Ivano, il souhaite aborder d'autres points. Les camarades qui sont près du buffet continuent à manger sans l'écouter, et le groupe assis par terre tout devant reçoit des chips dans la figure. Aron, à regret, est obligé d'autoriser une pause buffet de dix minutes. Il prévient que la séance reprend bientôt et laisse Rivka mettre la musique à fond. Mes parents ont demandé qu'on ne dépasse pas le douze sur le bouton du volume. Au-delà, les murs tremblent et on dérange les Uzan-Desbottières. Mais Rivka a mis sur dix-sept, donc mes parents ressortent de la cuisine. Maggie, toujours plus paf, apparaît à leurs trousses pour quelques pas de danse. Bo reste sur le pas de la porte, Azumi dépasse à peine de son épaule. Elle est en train de rire ou je rêve ? Rien à voir avec le balai droit et austère auréolé de cheveux qui est arrivé chez nous. Moi je me sens partagée. J'aimerais bien être rebelle, du côté de mes camarades, mais au fond je trouve que mes parents ont raison. Quand le volume est sur dix-sept, ça fait mal aux oreilles.

Rivka et Tania sont inscrites dans un cours de comédie musicale et elles dansent comme des pros. Je regarde comment elles font et j'essaye de les imiter, surtout avec mes bras, mais ils restent en bas. Deux branches mortes. Les pieds, ça va, mais ouvrir les bras par exemple, ou les monter vers le ciel, c'est quand même très compliqué. Cléa est bien plus détendue que moi. Tout à l'heure, en nous entraînant dans ma chambre, nous étions aussi coincées l'une que l'autre, mais là elle se décoince. Je ne pense pas qu'un délégué de classe puisse remédier au fait que je me sens nulle et pas mobile, alors je trouve un subterfuge. Aller parler à Aron de quelque chose de généreux : une collecte pour les chiens abandonnés ? Pendant que je parlerai grande cause, je ne danserai pas.

Depuis qu'il est délégué, Aron a vieilli. Quand on lui parle, il incline la tête, fronce les sourcils et hoche en rythme pour montrer qu'il écoute. Un peu comme un curé, dirait papa. Ça le rend encore plus craquant.

– Pourquoi les chiens ? me demande-t-il.

– Parce qu'on peut leur donner des vieilles couvertures, des vieux bols, on a tous chez nous un coussin qu'on n'aime plus ou une boîte en plastique qui servira d'écuelle…

Aron décide de s'intéresser aux animaux abandonnés, tant et si bien qu'il baisse la musique sur quatre et remonte sur son tabouret pour en parler à tous, mais les danseurs remontent le volume sur seize et papa jaillit de la cuisine pour baisser sur douze, voire onze pour punir la désobéissance. Il faut que j'aille lui souhaiter son anniversaire pour le calmer, mais Aron continue son discours et me demande de présenter moi-même ma bonne idée. Je pensais qu'un délégué était un porte-parole, mais pas du tout. Sans monter sur le tabouret, je raconte alors, dans un demi-brouhaha, que Vasco, un ami de mes parents, s'occupe d'une association pour chiens abandonnés et récupère draps, serviettes et boîtes en plastique pour ses petits hôtes. C'est simple de trouver un paréo, une couverture qui ne servent plus... On a tous chez soi un vieux morceau de tissu, non ?

Je ne reçois pas l'écho espéré, mais quelques filles compatissent, surtout Ménéhiade qui chouine : « Roooh... Trop mignons... Les pauvres petits chiens, moi c'est horrible. » Elle dit toujours « moi c'est » pour parler d'autre chose. Du coup, quand les parents de Paul arrivent à 19 h 40 pour le ramener chez lui, elle lâche : « Moi c'est la honte. » Paul, un peu penaud, va saluer mes parents qui n'ont pas entendu sonner et s'étonnent de ce départ précipité. Les parents de Paul expliquent, comme les parents d'Ophé arrivant juste après, que 22 heures est bien trop tard pour des enfants de sixième... Mais ils remercient chaleureusement, jettent un coup d'œil au salon, soulagés que le souk ne soit pas pour chez eux, et repartent, sur leurs trottinettes respectives. La mère de Paul a les cheveux en pétard, le père d'Ophé porte une banane en diagonale. « Mais qu'est-ce qu'ils sont coincés ! marmonne maman en refermant la porte, qu'est-ce que ça peut bien leur faire de laisser leurs enfants s'amuser jusqu'à la fin ? »

Je n'ai pas du tout envie qu'elle critique mes amis devant mes amis, ou les parents de mes amis devant mes amis, parce que je suppose que tout sera répété, donc je la renvoie dans la cuisine. Juste avant, elle me rappelle d'un sourire qu'il est 17 h 40 passé... Donc grand temps de souhaiter son anniversaire à papa !

C'est alors qu'il se pointe avec un plateau de Mont d'Or froids. Tout le monde se précipite vers le buffet, espérant du sucré, mais quand on constate que ce qui se cramponne dans l'enclave de chaque boîte en bois est un fromage mou, on retourne danser. Aron prend sur lui, mais je sens qu'il est très déçu. On n'y peut rien. Quand un père réussit à transmettre sa passion, c'est difficile pour un fils de ne pas réussir à la transmettre à son tour. Quand papa m'a appris le pédalo, j'ai su immédiatement que j'enseignerais ce sport à mes enfants et que je me souviendrais toujours de mes premiers cours sur l'eau, avec lui, quand il n'avait pas encore soixante et onze ans. Évidemment. Pauvre Aron. Il pense sûrement à son père, là.

Pour la collecte destinée aux chiens abandonnés, Aron propose de mettre un grand sac-poubelle à l'entrée de la classe et tout le monde y déposera du vieux linge. « C'est le mieux, explique Aron, un sac-poubelle est à la fois solide et imperméable… Pratique, un sac-poubelle ne prend pas de place, il est hermétique… » Aron est délégué de classe, d'accord, mais ça le rend pénible. « Tu as goûté le Mont d'Or ? » me demande-t-il après m'avoir fait son geste du doigt qui veut dire « on se parle maintenant ». Je réponds non parce que, de toute façon, ça se voit que personne n'en a pris. « Mais hier, j'ai fini celui que tu m'as offert. » Les yeux d'Aron brillent, même si sa tête penche. « Guilène, tu as bien compris mon message, alors ? »

Comédie tragique

Glourps, glourps, glourps. J'ai paniqué. J'ai dit à Aron que j'avais bien trouvé son message, mais tellement recouvert de croûte de fromage que je n'avais pas pu le déchiffrer. Il pourra sans doute m'en transmettre un autre à l'occasion ? En réponse, il m'a regardée bizarrement, si bizarrement que sa tête s'est légèrement redressée.

– Mais le message n'était pas vraiment dans le fromage, Guilène…

– Ah oui ?

– C'était un message plutôt… tout autour…

Tout autour ? Sous le truc en bois qui scelle la boîte ? J'ai eu tellement peur d'avoir l'air idiote que j'ai répondu :

– Mais non, je blague, bien sûr ! J'ai tout… Tout pigé, tout trouvé, tout compris, tout aimé !

– C'est vrai ? Tu acceptes ?

– De ?

– Tu veux qu'on soit ensemble, je veux dire, plus tard, quand on sera plus vieux, enfin on pourrait être un couple, tu vois… Tu veux ?

Alors là, je n'ai même pas eu envie de rigoler. J'ai ouvert la bouche mais aucun son n'en est sorti. J'ai plissé les yeux mais je n'ai rien vu d'autre qu'Aron, un sourire timide aux lèvres, comme une barre horizontale qui m'a fait penser au panneau « Sens interdit » accroché sur la porte de ma chambre depuis que j'ai six ans. J'ai fini par articuler :

– Quoi ?

Aron ne s'est pas démonté, il a poursuivi :

– Maintenant, je suis délégué, on s'entend bien, on a les mêmes goûts si ça se trouve…

– Oui, enfin, on n'en sait rien ! ai-je répondu. On est trop jeunes. Tu es mon ami, OK, mais comment dire… Si tu veux, on en reparlera quand on aura quinze ans.

– Bien, m'a répondu Aron. D'accord. Dans quatre ans pour toi et dans deux ans pour moi. Donc on en reparle dans trois ans ?

– Voilà, on fait ça…

Après, je me suis sentie très choquée par sa demande donc empotée pour repartir. Je n'ai pas voulu en parler tout de suite à Cléa parce que j'ai senti qu'Aron me regardait m'éloigner. Rivka et Tania ont dansé l'intro de leur comédie musicale et ça m'a drôlement soulagée qu'il les regarde. Sauf qu'il a arrêté leur chanson avant la fin, pour proposer une nouvelle idée : monter une comédie musicale dans le gymnase. Sa proposition a provoqué un grand brouhaha et le retour des adultes dans le salon pour la dixième fois. « Nul ! Nul ! » criaient les anti-comédie musicale, laissant les autres sauter de joie. C'est donc Rivka qui s'est d'abord exprimée sur le sujet. Et elle a procédé comme chaque fois qu'on lui donne la parole en cours, c'est-à-dire qu'elle a parlé tout bas. Quand elle baisse d'un ton, on est tous obligés de tendre l'oreille et sa méthode m'énerve un peu, cette petite coquetterie où tout le monde doit écouter madame... surtout que j'ai essayé de l'imiter, en cours aussi, et je n'ai obtenu aucune oreille tendue, juste une remontrance de la prof d'histoire-géo qui m'a secouée : « On se réveille, Guilène, on ne parle pas pour sa camarade d'à côté, on s'adresse à toute la classe ! » Mais à Rivka, personne ne fait de remontrance. Ce soir encore, elle a réussi à rallier à sa cause la quasi-totalité de la classe, en expliquant que ceux qui n'aiment pas la comédie musicale pour des raisons aussi variées que « le ridicule », « le débilos », « le niania-nia » peuvent faire une tragédie musicale de leur côté, c'est-à-dire une parodie. Du coup, Enzo qui était le plus remonté contre la comédie musicale s'est complètement emballé à l'idée d'une parodie. Certains élèves, a priori plutôt en faveur d'une comédie musicale, ont même rallié son groupe. Thomas propose de tenir un stand de bonbons. Maggie qui est sortie de la cuisine pour picorer discrètement sur le buffet applaudit le stand de bonbons tout en se rappelant qu'elle doit être invisible alors elle fait machine arrière. Évidemment, le stand de bonbons lui rappelle le rêve avec lequel elle nous a bassinés l'autre jour. Un rêve dans lequel elle se mariait seule, mais avec beaucoup d'amis, et où elle comptait sur maman pour tout organiser, du dîner à l'hébergement de chaque invité. Et elle a passé un goûter dînatoire du dimanche à m'expliquer qu'elle avait prévu un stand de bonbons rien que pour moi et les amis que je souhaiterais inviter ! « Sauf que tu ne te maries pas, Maggie, lui a répondu papa, donc ne t'emballe pas trop, Guilène... »

On a dû éteindre la musique parce qu'on ne s'entendait pas, du coup maman a arrêté la boule à facettes parce qu'elle déteste quand ça clignote. Elle a peur que ça fasse un problème au cœur de papa : « Ce truc saccadé là, ça rend fou, non ? » Heureusement, il n'y a que moi qui l'ai entendue tant on criait fort. J'ai vu papa regarder sa montre avec insistance et je n'ai pas tellement apprécié ce geste parce que je ne fais pas une soirée si souvent donc il n'est pas nécessaire de me montrer avec une telle insistance qu'on s'y ennuie. Violette a proposé une nouvelle manière de voter : sauter le plus haut possible. Comme c'était une idée nulle, Maya a proposé mieux : crier le plus fort possible. Donc on n'a pas entendu la porte sonner quand les parents de Maya sont arrivés.

Après on a fait un chat et c'était vraiment marrant parce que depuis l'entrée en sixième on ne joue plus. Le jour de la rentrée, j'ai touché Rivka en disant « c'est toi le chat » et là, il y a eu un grand blanc avant un éclat de rire général. J'étais très gênée mais au moins je n'ai jamais recommencé. C'est carrément ridicule le chat perché en sixième. Le chat bougie, idem.

Quand mes parents ont enfin entendu la porte, les parents de Maya étaient tout retournés. Debout derrière, le doigt sur la sonnette sans relâcher la pression, ils insistaient. Quand je leur ai ouvert, la mère de Maya a pincé les lèvres en disant « ah ben, quand même » et heureusement, papa est arrivé, alors elle n'a rien ajouté.

– Tout s'est bien passé ? a-t-elle demandé. Maya a été sage ?

Là, la pauvre Maya a été super ridicule, parce que Thomas et Ménéhiade ont répété :

– Est-ce qu'elle a été bien sage, Maya-mayannaise ?

– Adorable, a répondu papa qui a senti qu'il fallait éviter de dire à des parents affreux comme ceux-là que leur fille avait participé à la destruction de la lunette des vécés en sautant dessus.

Les parents ont demandé à Maya de remercier et comme elle n'a pas voulu avoir l'air trop soumise, à la place, elle a éclaté de rire.

À 22 h 10, tout le monde était parti, sauf Cléa qui a eu le droit de rester dormir. Mes parents étaient toujours choqués par le côté coincé des parents des autres.

– Certains n'ont pas trente ans et ils ont des

attitudes de vieux, c'est fou non ?! s'est esclaffé mon père.

– Quand même, 22 heures en sixième, pour un dîner de classe, sans alcool, sans tabac, et avec les parents présents, ce n'est pas terrifiant. Eh bien si, tous les parents sont arrivés la tête en biais, comme s'ils venaient sortir leur rejeton d'un lieu de perdition, a renchéri maman.

Maggie, éméchée, essayait de jouer la marraine idéale, tendre et fatale, à la fois Mary Poppins et Lady Gaga, et le salon ressemblait vraiment à un dortoir de colonie de vacances sens dessus dessous. On a finalement peu dansé, mais je crois que tout le monde a adoré. Azumi a même observé que cette fête était émouvante. « Des enfants qui s'amusent sont des enfants heureux », a-t-elle lancé en partant, et Bo qui ne savait plus où donner de la tête, s'asseoir, se lever, a opiné du chef et penché la tête sur le côté pour mieux réfléchir, comme Aron. Quand Azumi est partie, il m'a demandé la permission de mettre le CD de Gigi d'Alessio et, à ses yeux qui brillaient, on a tous compris (sauf Cléa) qu'il pensait à Azumi.

Au départ d'Aron et de mes camarades, j'ai enfin eu l'occasion de souhaiter son anniversaire à papa, et maman a apporté son gâteau. On était entre nous, avec Bo, Maggie et Cléa, alors ils ont mis le slow allemand. Avec Cléa, on a dansé ensemble en rigolant, mais à un moment, en regardant mes parents qui se serraient dans les bras, les larmes lui sont montées aux yeux, alors j'ai compris qu'il valait mieux changer de pièce et je l'ai emmenée dans ma chambre. Sur son téléphone, il y avait déjà au moins dix SMS des autres. On a hésité à faire des selfies et à les envoyer à tout le monde, mais on marche encore sur des œufs avec ce qu'il faut faire ou pas. On ne sait pas si ça va leur plaire ou les énerver, que nous soyons encore toutes les deux à poursuivre la fête alors qu'ils sont déjà couchés. Dans l'ensemble, les messages sont positifs. Nos camarades ont apprécié la soirée et certains regrettent d'avoir dû rentrer chez eux si tôt. Ils sont surexcités par la comédie musicale et la parodie. Seuls deux messages sortent du lot. L'un de Cassandre et, contre toute attente, l'autre de Paul. Cassandre écrit à Cléa: «T'es rentrée chez toi? mais qu'est-ce qu'ils sont viocs les parents de Guilène! t'as vu le bidon de son père, MDR!!!» Paul, quant à lui, a envoyé: «Tu vas participer à la parodie ou à la comédie musicale? C'était le kif, cette fête, mais la mère de Guilène, on dirait carrément son arrière-grand-mère, t'as vu ses chaussures ? hi hi hi, smiley qui se marre ! » Cléa aurait pu cacher le dernier message, mais elle me l'a lu à haute voix alors que j'étais près de mon bureau, donc pas à côté de son téléphone. Elle aurait pu ne rien me dire.

Quand on a éteint la lumière après avoir ri longtemps sans que mon cœur y soit vraiment, j'avais la peau épaisse comme celle d'un crocodile. J'ai dégonflé en peau de lézard, puis en peau d'aile de cigale, et les larmes me sont montées aux yeux. Impossible de dormir. Pourquoi me l'a-t-elle dit ? Pourquoi a-t-elle ri en le disant ? Pourquoi me dit-elle toutes les choses qui pourraient me faire de la peine ?

Couc a sonné deux coups, et Cléa s'est endormie. Après m'avoir dit : « Quand même, ils ne sont pas gentils, y a encore plein de messages pas cool sur tes parents ! » Alors je me suis levée, je suis allée au salon retrouver mes parents et je me suis assise sur les genoux de papa. J'ai eu envie d'un jeu, de la boîte en fer rouge et bleu. Ils étaient heureux avec Maggie et Bo. J'ai regardé le bazar qu'on avait mis, leurs joyeux sourires, et la main de maman est venue caresser ma joue. Alors j'ai baissé les yeux pour qu'elle ne voie pas mes larmes et là, j'ai observé ses chaussures. Des ballerines plates, oui, ses ballerines comme d'habitude, un peu marron. Et je n'ai pas été prête à les trouver moches. Ni le ventre de mon papa contre lequel je me suis blottie en attendant que maman me redemande si j'étais heureuse de la petite fête. Elle est partie me préparer une verveine avec du miel. Je suis restée avec eux encore un peu, et quand je suis partie me recoucher, je leur ai dit que je les aimais, mais seulement dans ma barbe, parce que Cléa est venue me chercher, un peu paumée dans notre maison qu'elle ne connaît pas. Maman nous a raccompagnées dans ma chambre. Cléa s'est blottie sous la couette, alors j'ai tendu les bras vers maman qui m'a fait un gros câlin. J'ai remercié pour la soirée et promis de tout ranger demain. Ma mère m'a répondu de dormir, qu'elle s'occupait de tout ça, que la joie dans le cœur, en revanche, c'était un feu réchauffant chaque instant et que je devrais me le rappeler toute ma vie. Alors, j'ai ressenti ce mélange de paix et de tristesse que m'inspirent parfois les réflexions de mes vieux parents. Ils savent des choses que les autres n'ont pas encore eu le temps de comprendre. Ils m'enseignent la vérité. C'est une vérité qui ne veut de mal à personne. Et eux, je les crois.

Tragédie musicale

En me levant, ce lundi matin, je me suis sentie triste et la peau toujours aussi fine. Je les ai regardés prendre leur petit déjeuner, maman, généreuse, déjà prête avant mon lever afin de me laisser la salle de bains et papa, blagueur, sympa, qui nous presse des oranges et nous propose ses confitures maison. Je me suis demandé pourquoi il serait forcément mieux d'avoir des parents qui boivent du Capri-Sun et qui mangent du muesli. J'ai encore regardé les chaussures de maman et je n'ai rien pensé de mal en les voyant sauf que, paradoxalement, comme si ma voix avait pris l'indépendance de ma tête, j'ai lancé :

– Pourquoi tu ne t'achètes pas des chaussures mieux ? Elles sont vraiment moches, celles-là.

– Ah bon ? m'a répondu ma mère. Mais qu'est-ce qu'elles ont ?

– Elles sont carrées au bout, tu pourrais en mettre des pointues, ou des bottines.

– Ouais, achète des santiags, a approuvé mon père en rigolant.

– En tout cas, je suis bien dedans, a répondu maman, pour une fois que je n'ai pas mal aux pieds, c'est ce qui compte, tu sais, les pieds...

Et là, je lui ai coupé la parole, j'ai dit que j'avais donné mon avis et que je n'avais pas envie d'entendre la genèse de ses vieux pieds ou son couplet sur « tes pieds sont un capital ». Maman a vu que j'étais de mauvais poil, donc elle n'a pas insisté. De toute façon, j'avais encore les larmes aux yeux.

« Tu as maths ou quoi, ce matin ? » m'a-t-elle demandé, pensant poser le doigt sur le problème.

Le souvenir est une drôle de machine... Au mot « maths », je me suis rappelé que j'avais quelques exercices à finir durant le week-end et que je n'en avais fait... aucun. J'ai eu la chair de poule. Oublier deux fois de suite, surtout après ce que Mme Ivano m'a fait subir la semaine dernière, je suis d'accord, c'est étonnant. Mais j'ai subi un choc, un choc émotionnel trop fort, qui m'a sans doute saccagé un pan de mémoire. Conclusion, lundi matin, 7 h 40, dans la cuisine, je m'acharne sur les pieds de ma mère au lieu de me ruer sur mes exercices afin de faire illusion. Pire, je reprends une tartine, ce qui a le don d'émouvoir mes vieux parents. « Ah, tu manges, c'est important de bien manger le matin, Guilène. »

Et là, j'ai vu deux vieux, beaucoup plus vieux qu'en réalité, avec des bajoues et des paupières tombantes. J'ai vite chassé ces images de ma tête.

En arrivant dans la cour, j'ai été happée par les groupes. Je voulais participer à la comédie musicale, mais il manque des participants pour la parodie donc j'ai changé de groupe. Cléa est restée dans le premier. Elle ne comprend pas qu'on se retrouve séparées, mais je me sens mieux, loin des « méchants ». Les réflexions désobligeantes sur mes parents n'arrivent pas à quitter ma tête. Quand j'ai vu Cléa dans le groupe de Tania et Rivka, Cassandre, Paul, et de tous ceux qui ont dit du mal de mes parents, j'ai répondu positivement à l'invitation d'Aron de rejoindre les tragédistes. Aron m'a dit quelque chose d'engagé, enfin je crois : « C'est bien de faire le choix de la marge, Guilène. »

Ça m'a un peu saoulée parce qu'il veut toujours m'apprendre des mots ou des théories. L'autre jour, il m'a agacée en me disant « sans risque on n'arrive à rien » parce que j'hésitais à sauter de la poutre. Ce matin, j'ai dû lui sourire d'une drôle de façon, car au lieu d'étayer sa pensée il m'a demandé ce que j'avais.

« Je n'ai pas fait mes maths... »

Ni une ni deux, il m'a tendu son cahier d'exercices, alors il ne m'a plus énervée du tout. Je l'ai même trouvé assez sympa de me comprendre aussi bien. J'ai quitté le groupe des tragédistes pour recopier ses résultats. Mais « coup de pas de bol », dirait papa, quand ça veut pas ça veut pas... Mme Ivano a traversé la cour, son manteau marron sur le dos, sa valisette à la main. J'ai vu ses deux pieds stopper net devant le banc où j'œuvrais au recopiage. J'ai entendu « Guilène ? » avec cette intonation terrible, qui résonnera sûrement encore à mes oreilles quand je serai morte... J'ai levé les yeux, et je n'ai pas eu le temps de croiser son regard qu'elle avait déjà deux cahiers dans les mains. Le mien et celui d'Aron. Les emportant avec elle, elle a tourné les talons. Comme je suis d'un naturel superstitieux, j'ai croisé les doigts pour qu'elle meure avant l'heure du cours.

J'ai le cœur qui bat à 180. Cléa vient me retrouver pour savoir ce qui se passe. Je n'ai pas très envie de lui parler donc je résume. On a maths à 10 heures, avant on a anglais. Mme Ivano est partie avec nos deux cahiers. Que va-t-il se passer ?

Pendant le cours d'anglais, je m'applique comme jamais. J'écoute, je me concentre à fond, je veux que le prof me sourie. Il faut absolument que j'attrape un peu de réconfort, là, tout de suite, avant le cours de maths. Je voudrais me transformer en Astéride. Aron m'a dit de ne pas m'en faire, alors que je m'excusais pour son cahier. Il a dit une phrase pénible mais ce coup-ci, je ne lui en ai pas voulu : « Tu sais, Guilène, punir, crier, c'est sa façon de s'exprimer. » Hélas, le cours d'anglais est toujours trop court. Et à peine le prof sort de notre classe que Mme Ivano y entre, sans nos cahiers à la main. Elle pose son cartable sur le bureau, ou plutôt elle fracasse le bureau avec son cartable. Tout cela manque cruellement de douceur, pourrait dire Aron. Elle l'ouvre, et en sort son gros cahier rouge qu'on déteste et qui contient comme elle dit « le programme de toute cette année ».

« Interrogation écrite surprise, prenez une copie, et remerciez Guilène et Aron pour ce joli cadeau du lundi matin. »

La classe soupire. On entend quelques « oh, non », vite éteints par Ivano qui exige le silence immédiat. Astéride grattouille son foin et le calvaire commence. Ivano dicte les exercices et j'ai l'impression d'entendre du chinois. Sa diction rapide transforme les maths en codes informatiques incompréhensibles à celui qui n'a pas trente ans de formation. Prendre en note l'exercice est une gageure, alors je louche sur la copie de Cléa. Mon réflexe est une action de survie. Je ne peux pas écrire en phonétique ce que j'entends et pourtant c'est parfois ce que je fais. Personne n'ose demander à la prof de répéter. Cléa se met elle aussi à écrire la dictée mathématique en phonétique. Cette fois, on dirait de l'arabe. Nous ne pourrons jamais nous relire, nous aurons zéro, –1 si ça existe ! Mme Ivano circule dans les rangs. Mme Ivano est une personne comme les autres. Mme Ivano va aux toilettes. Mme Ivano s'est déjà pris les pieds dans la ceinture de son peignoir, Mme Ivano est une personne humaine qui manque d'autorité d'où son autorité, oui, oui, c'est logique… J'essaie d'apaiser ma peur en me répétant mes mantras préférés, mais hélas elle commence son petit circuit entre les tables. Et là, la folie prend possession d'elle.

« Mais qui m'a fichu des nunuches pareils ! Il faut donc que j'écrive les exercices au tableau ? »

Nous, on pense qu'il s'agit d'une question,

alors on lui répond : « Oh, oui ! » Les voir inscrits au tableau ne nous donnera pas les réponses, mais nous aurons au moins la possibilité de noircir quelques lignes sur notre copie. Et la voilà, fort déçue comme elle dit, qui note à l'aide d'une craie pointue l'énoncé des exercices. Oh, cauchemar éveillé ! Oh, enfer quotidien ! J'essaie de me rassurer : mes parents ne vont pas me tuer si je rapporte un zéro à la maison. Mes parents ne vont pas non plus me quitter si je rapporte un –2. Je ne serai pas envoyée en pension, ni privée de boîte en fer bleu et rouge. Au pire, que peut-il m'arriver ? Entendre mes parents rouspéter puis peut-être recontacter Odile, qui m'a donné des petits cours particuliers en CE2, quand j'étais déjà nulle en maths ? Les méthodes de mes parents ne convenant guère à un apprentissage moderne, j'ai été épaulée par Odile, une jeune fille à moustache qui scandait les maths comme des chansons. Elle avait été recommandée à mes parents par leur ami Vasco. Et je pense qu'elle avait été un peu survendue car sa présence n'avait pas fait osciller mes résultats. Toutefois, elle avait rassuré mes parents : « Un jour, ça rentrera. » Donc je risque quoi ? Son retour à mon pupitre, rose cette fois ? Une nouvelle contemplation de son profil et de sa moustache ? Et alors ?

Je ne risque rien. « Tout va bien », me dis-je, tentant d'élucider le grand mystère inscrit en chiffres, en barres et en signes, sous mes yeux. Je découvre même l'intérêt d'une interrogation écrite : au moins, je ne suis pas conviée au tableau, et la voix de Mme Ivano est momentanément éteinte. Parfois, sans doute pour nous stresser, elle tapote son bureau de la pointe de son capuchon de Bic rouge. Aron s'est déjà retourné deux fois. Je crois que c'est moi qu'il cherche des yeux. De dos, je le vois qui noircit sa copie. Cléa, idem. Les chiffres sont mes amis, les chiffres sont mes amis… Quand la sonnerie retentit, Mme Ivano ramasse les copies et entame alors la deuxième heure de cours. Sans nous laisser d'intercours, cela va sans dire. Elle a remarqué le sac-poubelle de cent litres censé contenir les dons pour chiens et elle nous demande à quoi il sert. Quand elle apprend que nous venons en aide aux animaux abandonnés, elle pousse une espèce de plainte ridicule et s'écrie :

– Oh, les p'tits chous…

– Nous ou les chiens ? demande Thomas.

Là, on a vraiment peur que ce trait d'esprit ne soit un motif de punition collective mais non.

Tout est bon pour perdre un peu de temps de

cours, alors Ménéhiade décide de se lancer. « Ah, mais non mais moi c'est horrible, les petits chiens abandonnés, moi c'est horrible… » Alors que Mme Ivano reprend généralement Ménéhiade avec une certaine violence sur son expression fétiche « non mais moi c'est », elle opine du chef. Elle nous dit combien la vie des animaux est parfois injuste. On est tellement heureux de voir tourner la deuxième heure de cours qu'on lui pose des questions. C'est à qui lèvera le doigt le premier. Et le cours de maths se transforme en leçon sur la cause animale. Enflammée, Mme Ivano nous raconte qu'elle élève trois chats, un chien et un lapin, tous adoptés en refuges. Nous apprenons au passage qu'elle a deux enfants, et un mari qui travaille à la maison. Mais soudain, alors que vingt-cinq minutes nous séparent encore de l'heure de sortie, elle lance : « Trêve de trémolos, les enfants, au travail. »

« Les enfants », ça me rassure, mais je ne devrais pas. Juste après, la voilà qui ajoute :

– Guilène, Aron, vous viendrez me voir à la fin du cours. J'ai deux mots à vous dire.

Ensuite, elle fait cours, pas forcément hystérique tout le temps, mais pas très calme non plus. Elle est quand même très différente des autres jours. Effet bénéfique de notre sac-poubelle. Quand la sonnerie retentit et que nous attendons son signal pour oser ranger nos affaires puisqu'elle nous a maintes fois expliqué que nous ne devions pas ranger avant qu'elle nous en donne l'ordre, elle nous appelle, Aron et moi. Les autres, eux, ont le droit de partir. Aron prend la parole le premier, et bizarrement, elle le laisse expliquer :

– Madame, ce matin j'ai prêté mon cahier à Guilène pour qu'elle compare ses résultats aux miens…

– Tu me prends pour une bille, Aron ? Guilène n'a pas fait ses exercices. Et toi, toi… Qui les a faits ? Ton père ?

– Oui… Il est prof, vous savez…

Ivano soupire, avant de reprendre :

– Et toi, Guilène, je n'ai pas l'impression qu'il soit prof de maths ton père ?

– Non, il est garant de l'uniformité du lien entre les personnels chez Acabrite. Enfin, il était.

– Pourquoi ? Il est mort depuis samedi ? me demande Aron.

Mme Ivano éclate de rire. Décidément, elle nous surprendra toujours. Je prends l'air outré. Elle nous tend nos cahiers.

« Que ce soit bien clair, dit-elle. Chacun fait ses exercices. La prochaine fois, c'est un aller sans retour chez le proviseur. »

Cette expression d'aller sans retour me plaît bien. Franchement, M. Golidain est beaucoup plus fréquentable que Mme Ivano. Je vote pour. Je baisse les yeux mais je les relève pour répondre à la question de Mme Ivano :

– Tu as un problème avec les maths, Guilène ? Tu ne comprends pas ou tu n'aimes pas ?

– Heu…

J'hésite à répondre. Veut-elle une réponse ou me tend-elle un piège ?

– Réponds-moi, Guilène, que se passe-t-il avec les mathématiques ?

– Ben…

– Oui, Guilène ?

– Je ne comprends pas tout. Quelquefois, je crois comprendre puis je me rends compte que je n'ai pas compris, mais vous n'êtes plus là pour m'expliquer, alors je cherche, je panique et…

– Et tu te flanques devant la télé ? Devant des jeux vidéo ?

– Oh non, je fais plutôt des jeux de société avec mes parents…

Elle me regarde en biais. Aron vole à mon secours :

– C'est vrai, madame ! Ses parents sont des personnes âgées ! Ils n'ont pas la télé !

J'avale douloureusement ma salive, tandis que Mme Ivano explose de rire. Aron poursuit sa diatribe. Puis elle referme son visage. Ses traits se rigidifient. Elle attrape son cartable et tourne les talons comme si elle voulait mettre du vent dans les cheveux qu'elle n'a pas.

Deux antiquités

Des personnes âgées. Papa et maman. Papa, d'accord. Mais maman ? Elle travaille, elle s'active, elle rigole, elle me comprend… Ça se voit tant que ça qu'elle a vingt ans de plus que les mères de mes copines ? Aron a évoqué l'âge de mes parents pour me « sauver ». Il a même dit à Mme Ivano que mes vieux parents avaient été les seuls à accepter de recevoir toute la classe pour le dîner. En racontant cela, on aurait dit qu'il était mon avocat et que j'avais commis un acte vraiment répréhensible. Ne pas être une flèche en maths ne vaut pas tant d'arguments. Et pourtant, il a tenté d'éveiller la pitié chez notre prof de maths. Je suis dégoûtée.

Nous sommes à la cantine. Je ne peux pas avoir honte de mes parents. Certes, j'ai le droit de la ressentir, parfois, au fond de moi, comme une tendance grise, mais en vrai, quand je suis seule, je n'éprouve aucune honte, je les adore. Ils sont gentils et on s'amuse bien tous les trois. Je les adore parce que je suis contente de jouer au Scrabble le soir, en mangeant du chocolat. Je les adore parce qu'ils sont bien plus généreux et bien moins coincés que tous les autres parents qui n'auraient jamais organisé ce dîner de classe en si peu de temps, et sans râler en plus. Des larmes sortent de mes yeux. Et Cléa, est-ce qu'elle a honte de sa mère-fantôme ? De son père-adolescent ? J'ai envie de crier mais à la place je pleure. Je ne peux rien retenir parce que les soixante et onze ans de mon père ne me font pas honte, mais mal : j'ai peur qu'il meure, mon papa. Je sors de table et Aron qui m'a vue pleurer accourt, suivi de Cléa. Ils me rattrapent sous le préau :

– Ça ne va pas, Guilène ?

Les sanglots redoublent. Cléa parle à ma place. Elle dit à Aron, rejoint par Thomas, que c'est sûrement à cause de la prof de maths. Je me sens incapable de leur dire que c'est à cause de leurs sales regards à tous sur mes parents. En plus, ils répètent en chœur « Mais Guilène, ne t'inquiète pas, ça va aller, on est là, Guilène, Ivano ne te fera plus de mal ! » et entendre mon prénom me donne envie de pleurer davantage. Il paraît que j'ai échappé à Liliane, c'est toujours ça… Je devrais vraiment m'estimer heureuse de me prénommer Guilène. Cependant, j'aurais aimé m'appeler Talia ou Ella, ou Milla ou Livia, ou Stella. Ou Lola. « Guilène ! m'ordonne Aron, allez, viens répéter la parodie, je te promets qu'on va rigoler. »

Je fais le gros dos. Peau de tortue. Ensuite, mes tracas s'estompent assez vite. Je me félicite d'avoir intégré le groupe de la parodie musicale. Nous imaginons un scénario très drôle et la première partie de notre travail repose sur l'attribution des rôles clefs. Comme j'ai pleuré, il est décidé que je vais jouer Émilie Jolie, mais version cuir-endormi. C'est-à-dire qu'au lieu d'être une petite fille pleine de peurs dans son lit-cage, au lieu d'écouter l'histoire que les animaux du livre d'images me content, je suis une Émilie molasse, sans barrette, qui traîne les pieds et regarde vers le sol au lieu de lever ses yeux vers le ciel. Ménéhiade est la sorcière, Aron, Thomas, Enzo et Paul sont les lapins bleus. Qu'on transforme peu à peu en tortues lentes. La sorcière, en revanche, celle qui rêve au prince charmant dans la vraie version d'*Émilie Jolie*, trouve chaussure à son pied. Elle tombe folle amoureuse du grand oiseau. Qui lui picore les cheveux un à un. « C'est trop gore, j'adore ! » s'esclaffe Aron en réponse à cette bonne idée de Zoé qui tient absolument, ainsi qu'Irina, à être Émilie Jolie. Aron leur explique que le rôle est déjà pris mais elles insistent. Elles ne trouvent pas normal qu'Aron m'ait nommée Émilie d'office. Il les rassure : « Émilie ne sera pas jolie mais au contraire, super moche. » Après, on est obligés de leur expliquer la parodie parce qu'elles pensaient être dans l'autre groupe.

– Pour la comédie musicale, ils ont choisi *Fame*, un spectacle super nul où chacun est mis en valeur, leur explique Thomas.

– Contrairement à eux, nous, on va à rebrousse-poil ! leur dis-je.

– Rebrousse-poil de quoi ? me demande Irina.

– On ne se la joue pas genre bombasses qui se trémoussent en étant les plus belles... On rigole ! On se moque !

– Mais c'est nul ! râle Zoé. Je préfère danser pour de vrai, bien chanter, être bien habillée plutôt que l'inverse ! Si c'est comme ça, je vais dans l'autre groupe. Toi, t'as qu'à rester ici si tu as envie de ressembler à ta mère, moulée dans des costumes qui te vont pas !

La voilà qui tourne les talons. J'ai la gorge lacérée par une lame de rasoir mais j'explose de rire. Je regarde Irina, pensant qu'elle va la suivre, mais non, elle reste avec nous. Aron commence à envoyer une pique à Zoé mais il la perd en route, alors il bâcle le tout d'un « t'inquiète, Guilène, tu sais qu'elle plaisante ».

– C'est plus marrant de rigoler dans une tragédie que de se prendre au sérieux dans une comédie ! lâche Irina en proposant à Aron d'être un lapin bleu avec lui.

– Non, lui répond Aron, mais on a besoin d'un hérisson.

– Moche ?

– Bien sûr. Il pique mais on va faire l'inverse, d'accord ?

– Mais comment on saura que c'est un hérisson si on ne lui met pas de piquants ? s'inquiète Irina.

– Son regard, répond Verdjic.

Verdjic, je l'aime beaucoup, mais il est parfois très spécial. Je ne sais pas s'il agit exprès pour qu'on le trouve bizarre ou s'il l'est réellement, mais une chose est sûre : il n'est pas facile d'accès, comme dirait ma mère. Dans l'ensemble, on est habitué alors on n'essaie plus tellement de chercher des explications. Il a une façon très à lui d'affirmer des certitudes. Ça recadre tout le monde. Quand Zoé revient, la queue basse parce qu'elle a été rejetée de l'autre groupe, il lui lance :

– Si Guilène est d'accord, on te reprend et tu seras le raton laveur rêveur. Tu préfères être le loup, le petit caillou ?

– Je peux être Belle, de *Notre-Dame de Paris* ?

– Non. C'est impossible. Dans *Émilie Moche*, il faut un hérisson, un loup, un caillou. Ou une baleine de parapluie.

– Je ne voudrais tellement pas être une baleine…, râle encore Zoé.

– Sois le caillou, alors, tranche Verdjic. Le caillou a sauvé Hansel et Gretel. Le caillou est aussi le morceau de pain d'un pigeon qui n'a rien. La pierre précieuse d'un sans-abri. La cachette d'une fourmi. Tu as besoin d'être un caillou actuellement. N'est-ce pas, Guilène ?

En effet, Verdjic n'est pas facile d'accès. Mais il est gentil de se mettre de mon côté. Quand Cléa nous rejoint, réclamant elle aussi l'hospitalité dans notre groupe, les yeux rouges parce que Cassandre refuse qu'elle danse et insiste pour qu'elle soit ingénieur du son, ou costumière, il lui répond : « Sois la bienvenue parmi nous, Cléa, mais ne te méprends pas : nous t'accueillons mais nous ne te consolons pas. »

Alors ça fait des nœuds dans la tête de Cléa qui ignore si elle doit pleurer ou rire. Dans le doute, elle renifle en souriant. Elle s'approche de moi qui ressens toujours un petit machin contre elle. J'essaie d'éviter de ressentir du plaisir à la voir rejetée par le groupe d'en face mais j'ai du mal. Ma légendaire bonté va-t-elle prendre le dessus ? Elle me dit que ses parents qui se séparent, c'est comme si elle était coupée en deux. Et c'est insupportable. Je connais bien ce truc-là. Depuis la vanne de Zoé, je suis carrément écartelée entre l'envie de frapper et l'envie de hurler, entre l'envie de la tuer et l'envie de mourir, entre l'envie d'être sourde et l'envie de devenir muette. Cléa, elle, est fort bavarde : elle a besoin de m'expliquer qu'elle n'en peut plus et que c'est pour ça qu'elle est parfois si nulle avec moi. Sa mère continue à jeter le contenu de l'appartement en remerciant les objets d'avoir été un temps à ses côtés. Elle pense que le vrai vide va l'aider. Cléa a peur qu'elle lui jette son panier à doudous.

Je voudrais un moment à moi, pour enfiler la bonne peau. Une peau de tortue, c'est une carapace, non ? Mais ça ne va pas vite, ça ne peut pas fuir, une tortue, si ? Je me sens pleine de clous, de bleus, de peines, mais je suis pleine de mots pour accepter Zoé dans le groupe et pour aider Cléa. Je lui dis tout ce que je voudrais entendre, je lui promets de la recoudre, avec une aiguille qui ne fait pas mal et un fil d'or. J'ai plein de gentillesses qui me viennent à la bouche, même si, en les prononçant, je repense au fait qu'elle a ri avec les autres de mes vieux parents. Alors à la fin, j'ajoute : « Tu sais, si tu veux venir chez moi et mes vieux parents, tu es la bienvenue. Tu peux même me confier ton panier à doudous. Je le dirai à personne. »

Cadran solaire

Moi, le mercredi, j'aime m'allonger sur la moquette chaude du salon, surtout entre 13 et 15 heures quand le soleil tape sur la vitre. J'aime bouquiner, vautrée par terre ou parfois enroulée dans le rideau. Mais quand la classe solidaire se retrouve à l'école pour quatre heures de colle, je n'ai pas le choix, j'y vais. Nous sommes la classe la plus nulle à laquelle Mme Ivano a affaire depuis ses débuts. C'est Frédo, un des surveillants de la cantine, qui nous l'a répété. Il supervise les colles. Il y a un bruit qui court : selon certains, il serait le frère de M. Rocha, le prof de musique. Cette rumeur n'est pas très intéressante, mais nous, ça nous plaît d'essayer de savoir si elle est vraie ou pas. Hélas, les profs sont toujours terribles avec leur vie privée. D'ailleurs, quand j'étais en primaire, ça me choquait qu'une maîtresse qu'on avait aimée toute l'année réponde de façon évasive en nous donnant l'adresse de l'école quand on lui demandait son adresse pour lui envoyer une carte postale durant l'été. Du coup, arrivée aux Bains-Plage ou à Plage-les-Mers, je n'envoyais rien. J'étais dégoûtée. La maîtresse m'avait trop déçue. Avec le nom de sa rue, j'aurais pu imaginer des choses, inventer son étage, son appartement, mais non, le jour de la sortie, les maîtresses nous faisaient parfois un bisou à chacun, mais jamais elles ne nous donnaient leur adresse personnelle. Quand je serai grande, je ne serai jamais maîtresse, c'est trop ingrat. En revanche, je serai metteur en scène. J'adore imaginer des situations et inventer des spectacles. Quand Émilie Moche, penchée sur son livre de maths, rêve au grand oiseau qui lui parle avec un important défaut de prononciation, c'est rigolo et j'ai vraiment envie que les autres admettent que je viens d'avoir l'idée du siècle.

Frédo n'est pas sévère. Il tolère les bavardages à condition qu'on ne « décibèle pas. » C'est dans notre intérêt d'obéir, donc on chuchote. Il est étudiant, mais c'est un peu comme pour les adresses personnelles des maîtresses, on n'a pas le droit de savoir en quoi. Pharmacie ? Poésie ? On essaie de deviner, et puis ça nous lasse assez vite car on préfère se consacrer à nous. Et nous, en ce moment, notre obsession, c'est la tragédie musicale. On compte bien écraser les comédistes à plate couture. Tragédistes contre comédistes, riront bien qui riront les derniers... Le groupe des comédistes ne pense qu'à briller et à nous écraser, alors que nous, les tragédistes, avons pour objectif de nous moquer de nous-mêmes. Comme dit Aron, qui m'énerve en moyenne une fois par jour avec ses phrases d'intello perturbant : « Déranger, c'est croire. »

Quand on sort de la colle, plus nombreux que le nombre de collés mais pas non plus la classe entière parce que les élèves ont revu leur prétention d'union à la baisse, on se sent vraiment ensemble. Aron, depuis hier, tente d'obtenir un rendez-vous avec le directeur afin de fixer la date de représentation pour notre spectacle, mais le directeur lui a expliqué qu'un spectacle se donnait en fin d'année, et pas juste avant les vacances de la Toussaint. Aron lui a répondu que nous comptions en préparer plusieurs au cours de l'année pour développer notre fibre artistique, mais le directeur a rétorqué qu'il fallait peut-être se mettre au travail, consacrer autant d'assiduité au labeur qu'à la gaudriole.

« Montrez-moi que vous passez du temps sur vos cours, et j'étudierai la question de votre spectacle, mais je ne prêterai aucun gymnase avant la fin du premier trimestre. » C'est-à-dire que le proviseur, qui base le thème de toute sa réunion de rentrée scolaire sur la nécessité de lire, de se cultiver, de se divertir sans jeu vidéo, nous renvoie dans nos buts quand nous créons un spectacle. C'est déroutant. Moi, peu m'importe la date à laquelle ça se jouera, je suis à fond dedans. Les idées de mise en scène m'assaillent. Je propose qu'Émilie Moche soit clouée devant ses jeux vidéo et que les personnages de l'écran rechignent à en sortir pour venir la retrouver. Plus Émilie Moche s'approche de l'écran, accro aux personnages qui sont dedans, plus les personnages reculent, donc la rencontre ne se fait jamais. Aron s'exclame :

– Génial !

– Mouais, affine Thomas, ça peut être drôle, mais précise-moi une chose, ce ne serait pas une idée de tes vieux parents ?

– Ouais, ça sent le vieux qui n'aime pas le jeu vidéo, ça ! ajoute Paul.

Rivka explose de rire, suivie de quelques autres. Je me tais. Je ris avec eux. Dedans, je fonds en larmes. Alors je ris de plus en plus fort. Ça va devenir compliqué de cohabiter avec moi si je ne choisis pas mon camp.

On va tous au parc, sauf Paul qui n'a pas le droit mais décide de venir quand même. Moi, je n'ai pas besoin de demander l'autorisation à mes parents. De toute façon, après quatre heures de colle, ils ne me refuseraient jamais une petite récré de ce genre. Quand papa m'a demandé mon heure de retour, j'ai dit « vers... », et il n'a pas exigé davantage de précision. C'est ça qui est bien avec la vieillesse. Le temps est une course, certes, mais on apprécie qu'elle traîne un peu.

Au parc, on s'assoit sur le dossier d'un banc. C'est inconfortable, ça fait assez mal aux fesses, mais quand tu es en sixième, si tu ne t'assois pas comme ça, tu as l'air coincé. Une fois là-haut, tu te sens vraiment différent. J'éprouve une petite gêne quand des dames passent et nous regardent comme si on était mal élevés. Si mes parents nous voyaient, je me demande s'ils seraient choqués par notre excitation, par nos pieds sur le banc. On a un petit aperçu d'une colère de parent en voyant arriver la mère de Paul. Elle l'attendait à la sortie du collège, angle Decize-Ruche des Diables, et Paul est parti dans l'autre sens, avec nous. Elle lui en met vraiment plein la figure, et le pire pour lui c'est qu'on est tous présents pour écouter le massacre. Du coup, Paul part tout penaud. « Toi, t'es peinarde avec tes vieux parents, rigole Thomas, ils ne doivent même plus réussir à lire l'heure ! » s'esclaffe-t-il en s'adressant à moi.

Cléa éclate de rire. Et aussitôt, j'ai les larmes aux yeux, ça recommence. Alors je réponds : « Oui, ils confondent midi et minuit. Et puis, à leur époque, vous savez quoi ? On lisait l'heure sur des cadrans solaires. Ça me laisse pas mal de marge… J'en sors gagnante ! »

Quand je dis pire que les autres, c'est comme si je donnais un coup de ciseaux dans ma colère. Une colère coupée, c'est comme un doigt, ça saigne. Je me trouve nulle, mais je sens que ça va devenir une habitude. Si c'est moi qui cogne sur mes parents, est-ce que je les protège des coups des autres ?

Quand j'arrive à la maison, papa n'est pas là mais il m'a laissé un mot : « Je suis au sport. J'arrive bientôt, et en cas de besoin j'ai mon portable ! Ou la télécommande de la chaîne… Faut voir… Je me suis peut-être encore gouré. » En dessous, il a fait un super dessin, un petit bonhomme bedonnant qui porte des haltères. Il est vieux, mon père, mais il est drôle au moins. J'ai les larmes qui viennent. Il faut que ça s'arrête. Il y a le lycée après le collège. Est-ce que ça va être comme ça tout le temps ? Je voudrais que mes parents m'emmènent loin d'ici, en voyage, comme l'été, tous les trois, pour toujours. Je n'ai plus envie d'être en sixième.

Les emplettes

Papa rentre de la gym. Il s'est acheté un survêtement blanc, je ne sais pas trop qu'en penser. Enfin si, je sais, justement. Le petit blouson brillant zippé avec un écusson, ça ne va pas du tout. Un écusson en forme de feuille comme celui de mon tee-shirt du club de poney de Plage-les-Mers. Au secours. Et des baskets terribles, blanches aussi, mais avec une languette. Il déambule en survêtement, s'octroyant deux, trois étirements, vraiment heureux de sa journée. Quand maman rentre, je remarque ses nouvelles chaussures. Des bottines. Et là, ça m'énerve, parce que ce n'est pas le jour pour m'embêter avec de l'émotion. Elle porte des bottines marron, assez plates, toutes plates même. Pas du tout moches. Un peu rondes, peut-être. Elle me fait un sourire parce qu'elle voit bien que je regarde ses chaussures, mais c'est bizarre, je n'arrive pas à sortir de ma bouche quelque chose de sympathique. C'est un peu comme si ma gentillesse était en panne. Maman, toute guillerette, me demande :

– Alors elles sont comment, mes bottines ? Je les ai achetées à midi, je me promenais rue Plive-Salatier, et elles m'ont fait de l'œil. Il y avait une autre paire, moutarde, un beau moutarde, entre Savora et Dijon, mais j'ai pensé que c'était salissant… J'ai bien fait ? Marron, tu aimes bien ?

– …

– Eh bien, ma Guigui, que se passe-t-il ? Tu boudes ?

– Elles sont superbes, tes bottines, Chantal, commente papa, j'adore. Je t'offre les moutarde si tu veux. Elles te font une très jolie cheville. C'est beau avec ta jupe…

– Et toi, Guilène, qu'en penses-tu ? insiste maman.

– C'est des bottines… Qu'est-ce que tu veux que j'en pense ?

Après, je soupire et je pars dans ma chambre d'un pas lourd et furieux. Je sors mon agenda. Ce matin, le prof de techno nous a expliqué qu'aucun chagrin ne résistait au travail. C'est la seule phrase que j'ai retenue du cours. Il a insisté. Il paraît qu'à l'âge des peines de cœur, le travail sera pour nous un médicament. Travailler, c'est ne pas penser au reste. Un peu comme fermer les volets d'une maison pour ne plus voir la pluie tomber dehors. Le soleil peut alors frapper à la porte. Maman passe la tête par l'embrasure, pas le corps. Elle sent que ce serait trop.

– Dis-moi ce qui se passe, ma Guigui, tu es contrariée ? Ta colle s'est mal passée ? Il y a eu un problème avec Cléa ?

Depuis que je suis petite, maman pose toujours la bonne question, et souvent elle résout mes problèmes en posant le doigt dessus. Je me mets à pleurer. *Illico*. Elle vient me serrer contre elle. Je vois ses bottines, en bas de nous comme deux petits chiens, et j'ai envie de leur faire des bisous.

– Pourquoi tu es triste, ma Guigui ?

– Ils sont nuls au collège… Depuis le dîner de classe, c'est pire…

– Il y a eu quelque chose ? Un problème entre vous ? Ça arrive, tu sais, et ensuite ça passe, ça s'arrange…

– Pourquoi vous êtes si vieux ? dis-je, redoublant mes sanglots histoire de faire passer la question.

– Vieux ? C'est ce qu'on t'a dit ? Tes amis t'ont dit qu'on était vieux ?

Elle sourit gentiment. Elle n'a même pas l'air triste. Elle m'évite de répondre en poursuivant :

– Mais ma grande, bien sûr qu'on est vieux par rapport aux parents de tes amis... Enfin, surtout papa... On est vieux parce qu'on t'a eue tard, parce qu'on a vingt ou trente ans de plus que les parents de tes amis. On est vieux parce qu'on a profité de la vie...

Papa nous a rejointes. Il interrompt ma mère :

– Et qu'on compte bien continuer... On est si vieux que ça, Chantal ?

Du coup, je pleure à nouveau.

– On est vieux, reprend maman, parce que la vie est passée vite, parce qu'on a été joyeux, parce qu'on s'aime.

– Et parce qu'on ne roule pas en trottinette ! pouffe papa.

– On est vieux mais on te comprend, tu sais... Nous aussi on voit bien qu'on a l'air vieux.

– Mais ça ne signifie pas qu'on n'est pas modernes ! Le smurf, ça me connaît, dit papa en se jetant au sol pour faire la toupie.

Maman pouffe. Je pleure quand même.

– C'est pas juste. En fait, vous êtes plus gentils que tous les autres parents. Notre vie est belle. Le soir, on est bien..., leur dis-je entre deux sanglots.

– Oui, on est bien, dit maman. Et c'est ce qui compte, non ?

– Regarde le père de Paul, avec sa moustache de dandy, au secours ! insiste papa.

– Bon, Clément, on ne te demande pas de casser du sucre sur le dos des jeunes, le coupe maman.

– Mais je vous aime, moi ! Pourquoi ils sont méchants comme ça, même Cléa… ?

– Cléa ! rigole papa. Cléa a en effet des parents très jeunes, très très tristes, une mère qui câline des Thermos et des bouilloires avant de les quitter en les remerciant…

– Et c'est sans doute ce qui rend Cléa un peu peau de vache, m'explique maman. Elle a mal, alors elle fait mal… Ne t'en fais pas, parle à ton amie, vous allez régler les choses, et puis on va l'inviter en vacances, tiens, tu vas voir si elle nous trouvera vieux !

Mes parents sont deux amours. Ils ont le bon remède. C'est la confiance. J'ai tellement confiance en eux que je peux avoir confiance en moi et cesser de me ratatiner. À la seconde, je décide de me séparer de tous ceux qui ont dit du mal de mes parents, et puisque j'y ai participé en omettant de les défendre, en les laissant se faire attaquer, je me sépare d'abord de moi-même. Guilène 1 se calme pour rassurer ses bons parents. Guilène 2 entre en fureur sourde et raye de sa liste de classe tous ceux qui l'ont déçue tandis que Guilène 1 accepte de jouer au Trivial Pursuit. Quand Guilène 1 va se coucher, elle constate qu'Aron est le seul à émerger de la liste. Elle gomme aussi le trait barrant Verdjic car Guilène 2 a barré trop à la hâte.

Guilène 2

Le mutisme c'est bien, mais dans mon cas c'est plus compliqué que prévu. En effet, si je prends à cœur de jouer la carpe face aux méchants, je suis sans cesse sollicitée par d'autres pour répondre. « Viens répéter la parodie musicale ! Qu'est-ce que tu fiches dans ton coin ? », « Tu manges à la cantine ce midi ? », « Pourquoi tu réponds rien ? » sont autant de questions qui mériteraient une réponse. Ma méthode est forte, certes, mais pas pratique. Surtout quand Mme Ivano m'interroge et que je prends la décision rebelle de me taire. Astéride dont l'activité principale est de grattouiller son foin ne vient même pas à mon secours. Le petit rongeur, c'est moi qui ne réponds rien à Mme Ivano. Zut. Déjà qu'on insulte mes parents, je ne vais pas moi aussi me laisser maltraiter.

– Guilène ? Tu dors ?

– …

– Guilène ?

Le visage de Mme Ivano vire au coquelicot. Elle ne s'approche pas de ma place parce qu'elle est au courant qu'un prof ne doit pas secouer un élève, mais ce n'est pas l'envie qui lui manque. Elle tape du pied, et même du poing, mais sur sa table. Le choc fait trembler le bureau et Guilène 1 se recroqueville bien au fond de Guilène 2, décidant de se mettre à chanter pour couvrir les paroles de Mme Ivano. « Il était un petit homme, pirouette cacahuète, il était un petit homme… » Il n'y a hélas que cette chanson qui me vient. Quand Ivano bouge les bras et pointe son doigt menaçant vers toute la classe, j'en suis à « ses escaliers sont en papier… ». La classe se tourne vers moi, Cléa me donne même un coup de coude. Mais je reste muette et je baisse le nez. Ivano me met à la porte, pointant son doigt vers le couloir. Je sors, toujours les yeux baissés, « il s'est cassé le bout du nez il s'est cassé le bout du nez… ».

Je n'ai jamais été mise à la porte de ma vie. Racontée par les élèves turbulents, c'est une expérience super sympa. Pendant que les autres travaillent, toi tu peux dormir dans le couloir, ou regarder ton téléphone en secret. Moi, je suis terrifiée. Je n'ai pas de téléphone. J'ai l'impression qu'on vient de m'enfermer dans un placard et que celui qui rouvrira la porte sera un ogre ou une sorcière. Assez rapidement, c'est M. Golidain qui s'y colle. Le voilà qui passe dans le couloir et me demande ce que je fais là. Je baisse le nez.

– Guilène ? Tu as été mise à la porte par Mme Ivano ?

Elle me sauve de ma réponse, hurlant « bande d'incapables » si fort que M. Golidain se racle la gorge, sûrement un peu gêné que dans son établissement on s'adresse si méchamment aux enfants, même nuls. Il frappe à la porte de ma classe. Entre-temps, l'avion à réaction a retrouvé le bout du nez, donc j'ai fini de chanter. Cela me permet d'entendre Mme Ivano expliquer au proviseur que je suis d'une insolence crasse, plongée dans un mutisme des plus déplaisants et qu'elle m'a exclue de son cours. Quand il ressort et me demande de le suivre dans son bureau, je prends la décision sensée de reparler. Coup de chance, une surveillante vient le chercher à cause d'un problème au gymnase. Du coup, il m'abandonne dans un couloir et me demande de retourner dans ma classe. « Je te verrai plus tard. »

Entre-temps, Verdjic a rejoint le couloir. Je ne me sens pas du tout capable de retourner en classe, alors je reste avec lui. Il me tend un Carambar. J'accepte parce qu'il ne fait pas partie des méchants. Il me lit le « Monsieur et Madame » du sien : « Monsieur et Madame Peuquangétrobu ont un fils ? »

Je la connais. C'est Saturnin. Papa est super fort en « Monsieur et Madame ». Pendant les trajets en voiture, on en invente plein. Mais je ne réponds rien. J'ai pas envie de rire. Je crois que je fais une dépression. Et si ce n'est pas le cas, je fais semblant d'en traverser une pour culpabiliser tout le monde. Il me dit :

– Je ne sais pas si c'est moi le bizarre de la classe mais t'es pas mal non plus depuis ce matin.

Après, il fait un petit bateau avec son papier. Thomas arrive à son tour.

– Elle est tarée ! marmonne-t-il en s'asseyant par terre avec nous. Tu l'as bien énervée, Guilène, mais elle vient de me traiter de gerbille…

À l'intercours, tout le monde me demande pourquoi je me tais, alors je hausse les épaules et je pars plus loin. Cléa me rejoint, inquiète et agacée à la fois.

– Mais qu'est-ce que t'as ? Pourquoi tu ne dis rien ?

Verdjic lui répond que je déprime. Un borborygme sort de moi :

– J'ai pas envie de parler…

Du coup, les yeux de Cléa s'agacent, sa bouche aussi. Elle me lance :

– OK, c'est bon, Guilène, tu dis ce que tu as, ou tu restes toute seule !

Je supplie le petit homme-pirouette-cacahuète de sortir de ma tête. En boucle, c'est quand même une mélodie un peu pénible.

Aron arrive à son tour, mais quand il constate que son statut de délégué et de futur mari ne change rien à l'affaire, il est désarmé. Je n'ai jamais vu Aron abandonner et pourtant il me lance : « Comme tu veux, Guilène, mais si tu as besoin de moi, je suis là. » Tu parles ! Il part rejoindre les autres. Ils vont répéter la tragédie musicale. Eh bien, ce sera sans moi. Je vais même tenter quelque chose d'extraordinaire : fuir l'école quand sonnera l'heure du déjeuner. Je compte fuguer, mais chez moi. Si j'arrive à me faufiler avec ceux qui sortent du collège à midi, la surveillante ne devrait pas tiquer. Je suis tellement l'élève typique sans histoire qu'au pire elle me demandera si j'ai une autorisation et je mentirai sans rougir.

G1 G2

Ma nouvelle vie est formidable. On m'embête, je me tais. Le silence est ma formule mathématique imparable. Donc quand papa me reproche d'avoir quitté le collège alors que ce n'est pas prévu ainsi, mon mutisme opère. D'ordinaire bavarde comme une pie, je glourps. Il ne faut pas oublier qu'il est vieux, donc papa en revient systématiquement à sa propre expérience. Ses souvenirs sont autant de solutions tombant sur moi dès que l'occasion se présente. Autant dire que ses fâcheries s'envolent aisément. Il évoque ce jour délicieux où lui et son copain Roger ont séché la cantine pour aller voir *Ben-Hur* au cinéma. Je lui demande de me raconter le film, alors que chaque fois qu'il sort le DVD je rechigne et réclame « mes films ». Par conséquent, il me propose qu'on le regarde. Je ne lui rappelle pas quel jour on est, je ne mentionne pas le XXIe siècle et l'école obligatoire l'après-midi aussi, et je me vautre avec lui sur le canapé, un plateau film sur les genoux.

C'est super, *Ben-Hur*, surtout avec la voix de papa en commentateur éclairé qui me raconte les secrets de tournage, les trois mois nécessaires à la course de chars, les soixante et un pur-sang, la galère romaine construite spécialement pour le film. Sécher les cours avec papa à côté me détend complètement. D'autant que l'appel de M. Golidain ne perturbe pas papa plus que ça. « Il paraît que tu n'es pas en cours ? On en parle après ? » Il me fait un bon sourire et me pose la main sur la cuisse. Quand maman appelle, je l'entends marmonner qu'il s'en occupe. Le sujet de leur conversation, c'est moi et ce que je fais là, un jour de classe. Mais papa est comme moi, il a *Ben-Hur*. Donc on s'occupera du reste après…

« Voici notre soixante-deuxième pur-sang ! » s'exclame-t-il quand maman arrive.

Il est parfois assez maladroit avec les compliments mais maman ne relève jamais et rit gaiement comme s'il venait de la traiter de Marylin Monroe.

Elle me touche le front et me demande ce qui s'est passé en cours. Papa lui fait un clin d'œil, genre

« t'inquiète, je m'en suis occupé » alors qu'avec *Ben-Hur* on a eu autre chose à faire que de parler de moi.

– Toi, ma Guigui, tu as des petits soucis en ce moment, me dit maman.

– Au collège, complète papa.

Je ne vais quand même pas leur asséner une deuxième fois que leur vieillesse est un enfer, et que je me surprends souvent à rêver que maman met des chaussures à plateforme et que papa fait du *wingsuit*. Alors je parle d'Astéride qui a l'air un peu moins en forme ces jours-ci.

– Reprends-le en week-end, me dit maman. On aime bien l'avoir et puis ça va le requinquer.

– On pourrait pas avoir un chien, plutôt ? Maintenant que je n'ai plus d'amis...

– Oh non, répond papa, il mangerait Astéride... Tiens, d'ailleurs Vasco passera chercher vos dons le mois prochain. Il amènera sûrement deux ou trois petits protégés...

– Qu'est-ce qui s'est passé avec tes amis, Guigui ? On te rackette ? On te harcèle ? On se moque de toi ? poursuit maman.

Non ! On se moque de vous. Et moi aussi j'ai envie de me moquer de vous, là. Quand je vous regarde, tout contrariés, vous ressemblez à deux poules qui ont trouvé un couteau. Rajeunissez, c'est un ordre ! Il faut pourtant que je leur réponde quelque chose. Ivano ? Ce ne serait pas un bon sujet, Ivano ?

– Elle nous hurle dessus. Aujourd'hui, c'était sur moi. Je ne comprends rien aux maths, mais quand on me hurle dessus je comprends encore plus rien.

– Tu comprends encore moins, précise papa.

– Oh, Clément, ça va, ce n'est pas le moment.

– Elle est vraiment folle, je vous jure. Aron va en parler au conseil de classe, mais les profs ne nous écoutent pas. Je ne suis pas sûre que ça fasse effet. Elle nous rabaisse. Elle nous appelle « bande de nuls ». Elle sourit seulement quand elle parle de ses animaux, et juste après, elle nous colle seize exercices pour le lendemain.

– Elle manie très bien le chaud et le froid, on dirait, explique maman.

– C'est une femme fatale, commente papa. Elle est belle ?

– Oh, ta gueule, Clément ! jappe maman, c'est sérieux, là… Guilène est une bonne élève, elle ne s'est jamais braquée ainsi contre aucun professeur, donc il y a un problème. Soyons réalistes.

– Et les autres sont comme moi, même les

meilleurs en maths disent qu'elle est horrible. On a tous mal au ventre avant les cours...

– Tu veux qu'on prenne rendez-vous avec elle ? Ou bien avec le directeur ? propose papa.

– Si le directeur lui parle, elle va le prendre tellement mal qu'elle va devenir pire... Pas question, leur dis-je. Par contre, laissez-moi sécher les cours de maths autant que je veux.

– Non, Guilène, ce ne serait pas t'aider, mais dis-moi quels parents je peux appeler, qu'on en parle tous ensemble, qu'on réfléchisse à ce qu'on peut faire. On va trouver une solution. Tu veux qu'on prenne rendez-vous avec elle ou pas ?

À ce moment-là, le téléphone sonne. C'est Aron. Mais moi je ne veux pas lui parler. Maman m'applique le téléphone sur l'oreille, je sens qu'elle va faire une réflexion débile donc je le prends.

– Parle-moi, Guilène, chouine Aron. Qu'est-ce que je peux faire ? C'est Ivano ? C'est les autres ? C'est tes parents ?

– Quoi, mes parents ? Mes parents n'ont rien fait !

– OK, c'est tes parents. Tu es fâchée parce qu'on se moque d'eux...

– Toi, ça va, mais Cléa oui. Et tous les autres.

– Pas Verdjic.

– Oui, merci pour cette précision.

– Tu veux que je leur parle ? propose Aron.

– Ça va pas la tête ? Si tu leur dis qu'ils sont méchants avec mes parents, ils vont devenir pires. J'ai déjà mes parents qui veulent prendre rendez-vous avec Ivano ou même appeler Golidain pour la critiquer, et quand ils l'auront fait, elle s'acharnera encore plus sur moi !

– Mais non, pas du tout, c'est génial, Guilène, au contraire ! Il faut que tes parents appellent. Nos parents à nous ne nous écoutent pas quand on se plaint d'un prof. C'est jamais la faute du prof ! J'ai demandé à mon père de lui parler et il m'a répondu de travailler. La mère de Maya ne l'a pas crue. Celle de Thomas dit qu'on en reparlera au deuxième trimestre. Tes parents sont super, Guilène, sauve-nous, dis-leur de nous sauver, accepte qu'ils parlent à Golidain !

CCG

Ce jeudi, à l'école, j'ai décidé de reparler parce qu'Aron est beaucoup plus tendu que moi et l'attention est entièrement sur lui. Le directeur « maintient le non ». C'est un non global, un non bien réfléchi, mais un non à tout : pas de gymnase et pas de représentation. Mme Ivano qui est aussi notre prof principale lui rapporte trop de problèmes dans la classe. Aron est dégoûté.

– Ça ne donne vraiment pas envie de se donner du mal. Franchement, à quoi bon être artistes ?

– On a qu'à jouer dans la rue, propose Cléa.

– Oh non, moi c'est trop gênant, je ne peux pas jouer dans la rue, chouine Ménéhiade.

Thomas a déjà demandé à ses parents si on pouvait jouer dans le parking de leur immeuble mais ils s'y sont opposés, de peur qu'on raye les voitures.

L'idée de Rivka est retenue. On va donner la représentation au parc un samedi après-midi. Entre les bancs un et sept.

– À voir, à suivre, conclut Aron.

Mais moi, j'ai une meilleure idée. J'attends qu'on soit réunis assez nombreux pour dire :

– À la maison, si vous voulez, ce sera possible. On installera les parents sur des chaises dans la partie salle à manger et on jouera dans la zone salon.

J'entends Cassandre qui pouffe quand je prononce « salle à manger », une autre qui ricane, peut-être Ophé, quand j'évoque une zone salon. Cléa, elle, n'a pas moufté.

Et là, je ne sais pas ce qui me prend. C'est comme si une très grosse Guilène 2 à voix ultraforte parlait à ma place. Cela fait des jours que j'endure les réflexions et que je me déteste quand je ris avec les autres des méchancetés proférées sur mes parents. Des jours que je marmonne tout ce que ma vie a de mieux que la leur, des jours que je veux expliquer pourquoi je suis heureuse et pourquoi je n'ai pas honte de l'être. Par contre, j'ai honte de la petite Guilène soumise aux vacheries et je la nourris d'amour pour qu'elle grandisse. Je vais gagner la course de chars, battre tout le monde le poing levé !

J'écrase les murmures autour de moi et je poursuis sur ma lancée :

« Elles sont ridicules les chaussures de ma mère, c'est ça ? Pas plus ridicules que vos parents qui vous empêchent de sortir jusqu'à 22 heures. Il est ridicule mon papa chauve ? Pas plus que vos parents qui vous offrent des téléphones portables et vous obligent à les laisser dans la cuisine le soir parce qu'ils n'ont pas confiance en vous. C'est ridicule de dire "salle à manger" pour dire salle à manger ? Pas plus que de passer la soirée dans des pièces séparées alors qu'on vit dans un open space aux cloisons pétées et qu'on fait partie de la même famille. Faites comme vous voulez chez vous, moi je ne vous critique pas. Mais chez moi, vous savez, c'est la fête. Avec mes parents, le soir, je rigole, je m'amuse. Le week-end, pareil. Parfois, on fait un petit voyage et on est bien. Alors OK, ils ont l'air vieux parce qu'ils le sont. Mais au moins, ils ne se prennent pas pour ce qu'ils ne sont pas. »

Le problème, après un gros lâchage de ce genre, c'est qu'il faut assurer. C'est-à-dire ne pas pleurer et ne pas partir en courant. Que ferait Ben-Hur ? Je me retourne avec lenteur, j'offre un léger sourire à mon public, mais je ne sais pas bien ce que ça peut donner. Je vais là où je risque de me sentir le mieux pour les dix minutes à venir.

Dans les toilettes, il y a un verrou et plein de choses écrites sur les murs. Des phrases un peu débiles comme « J'rumine en total look ». « Je m'abîme dans mes non-vœux, ma violence hallucine jaune. » Je prends un Bic, je fais un petit cœur à côté du gond du bas. Dedans j'écris C, C, G. On dirait un nom de banque, ma petite famille. C'est comme un hommage. Et puis j'ajoute Ben-H parce qu'il m'a aidée à assurer.

Un moment plus tard, j'entends mon nom, prononcé par Cléa, puis par Aron :

– Guilène ? T'es là ?

– Il n'y a plus d'abonné au numéro demandé, leur dis-je.

– Viens, Guilène, sors de là, je te jure que plus personne ne t'embêtera... On vient d'apprendre une grande nouvelle ! Mme Ivano ne reviendra plus ! Tes parents ont parlé ! Et les autres le savent...

Je sors de ma cachette. Une partie de la classe apparaît derrière Aron et Cléa. Tout le monde se presse au lavabo pour célébrer l'immense nouvelle : Ivano n'est plus notre prof de maths !

Elle part en congé de maternité plus tôt que prévu. Selon Maya qui détient la vraie version, son père ayant téléphoné à Golidain juste après le mien, M. Golidain a très bien entendu les griefs énoncés par papa et les a retenus contre Mme Ivano. Il a expliqué à Mme Ivano que sa carrière se déroulerait mieux dans la recherche et celle-ci s'est effondrée de soulagement : prof est pour elle le pire des métiers. On la stresse tellement qu'elle nous reproche d'empêcher son bébé de grandir correctement, alors son congé de maternité commence maintenant. Elle était enceinte de six mois et on ne l'avait même pas remarqué.

Mon père a détaillé les surnoms, les barrettes, la quantité de travail, la panique, il a évoqué avec douceur l'importance d'un professeur capable de faire aimer la matière qu'il enseigne. Il a appliqué la méthode Acabrite : gant de fer dans main de velours. Golidain a été convaincu.

– Aucun de nos parents n'aurait fait ça pour nous, lâche Rivka. Ou alors ils auraient attendu la fin du trimestre. Toi, il t'a crue ton père, t'as de la chance.

– Ma mère devait prendre rendez-vous avec Ivano, dit Ménéhiade, mais avec son boulot, elle n'arrive jamais à trouver le temps.

– Tu pourras remercier ton père ? m'a demandé Thomas.

– On le remerciera nous-mêmes, a proposé Zoé. Au spectacle… Il viendra, n'est-ce pas ?

Aron souriait si fort que j'ai eu l'impression d'avoir accouché de notre bébé. Il me regardait avec pas mal d'intensité. Cléa, idem. On n'aura qu'à la prendre comme marraine.

La fleur de peau

Je ne suis pas pressée d'être enceinte. Entre la mère d'Aron qui ne supporte plus l'odeur du fromage et Ivano que la grossesse rendait soi-disant à fleur de peau, j'ai l'impression que la maternité manque de légèreté. Heureusement, comme dit ma mère, les vacances se profilent. Nous, c'est-à-dire mon père, ma mère, Cléa et moi, partons aux Bains-Plage. Je n'ai même plus peur qu'elle me déçoive avec une réflexion désobligeante sur les activités proposées. Pour la préparer, j'ai évoqué nos petits rituels familiaux, et elle n'a rien dit de méchant sur le pédalo, même si sa mère fait du paddle. Elle a beaucoup souri quand j'ai raconté que les sandwichs nous prenaient la matinée. De toute façon, elle n'en peut plus des *onigiri*. Pendant les vacances, ses parents vont partir tous les deux recoller les morceaux. Qui sait ? Maman dit que ça va marcher.

Quand j'y pense, ça me fait bizarre de ne pas partir en vacances seule avec mes parents, et quand je n'y pense pas, ça me fait drôlement plaisir que Cléa nous accompagne. En plus, je ne compte même pas me vanter auprès des autres. Cléa va adorer notre séjour. Je me demande si ce n'est pas un atout pour une amitié, d'avoir connu un moment un peu bas.

Dans le parc, sous le jour qui décline, je regarde les élèves de ma classe, ceux que j'aime bien, ceux que j'aime moins. Je regarde maman qui parle avec d'autres parents, je regarde ses bottines, et d'autres bottines, puis encore ses bottines. Je regarde le sac de dons pour les chiens abandonnés et le chapeau plein de pièces qu'on a pu récolter après notre spectacle pourtant interrompu au bout de cinq minutes par le gardien du parc qui a observé que nous n'avions demandé aucune autorisation. Nous recommencerons le spectacle avant les vacances de Noël. Cette fois, on a décidé d'être sérieux et de répéter vraiment. Je regarde papa à qui mes camarades ont écrit une carte de remerciement de la taille d'un poster. Ils ont dessiné un super-héros qui s'appelle Clémentor. Je regarde Cléa qui vient de me confier qu'elle se demande si elle n'est pas un peu amoureuse de Verdjic. Je regarde Aron qui de toute façon me regarde. Mais c'est beaucoup trop tôt. Je suis prête pour les amitiés immenses mais pas pour autre chose. Je regarde les nuages qui s'avancent et j'aime cette espèce de cloche chaude sous laquelle nous nous trouvons tous, la mère d'Aron incluse, la main sur son ventre, Vasco et quelques chiens en attente d'une famille. On ne joue plus à chat mais on caresse les chiens. Les chiens de Vasco sont nos chats perdus. J'aimerais tant en avoir un! Je regarde mes mains qui ont grandi depuis septembre. Je les trouve de plus en plus longues. La classe de sixième, c'est brutal et c'est fort. Tout s'enclenche, tout s'entraîne, tout se transforme. Je me demande si j'ai aussi grandi du visage. De la pensée. Je crois qu'en ce moment, je grandis de la tête, oui, mais ça ne se voit pas. C'est dedans. Verdjic dit qu'on est le dedans d'un dehors, et vice-versa. Je comprends Verdjic. Il vient de proposer à Cléa d'aller au bowling un jour. Je comprends les étapes. Cléa lui a répondu «peut-être». Je comprends les nuances. Je comprends l'expression «petit à petit». Oui, il y a des choses qui mettent du temps à s'installer comme être à l'aise en sixième et être naturelle avec les autres. Mais il y a des choses inaltérables, des choses plus stables que le béton, et ces choses ont un cœur, une âme, ce sont les êtres proches.

J'ai la chance d'avoir deux parents formidables, deux vieux parents, certes, mais formidables quand même. Et une bande d'amis qui s'installe. Il suffisait que j'aie le courage de remettre les pendules à l'heure. Fuir parfois pour ne pas pleurer, je sais faire. Changer de peau, c'est mon métier. Mais il serait temps que j'apprenne à stopper les drames intérieurs. Je verrai ça au deuxième trimestre... La camaraderie n'est pas un rapport de force. L'amitié n'est pas obligée. Mais l'honneur, c'est important. La tolérance. La bienveillance. Ce mot-là fait toujours hurler papa. À son époque, on parlait de gentillesse, et puis voilà. Aujourd'hui, on confond gentillesse et bêtise. Et on a tort. Moi, je vais penser à ce qui peut peiner les autres et ne pas le faire. Enfin, je veux dire... Au deuxième trimestre. D'ici là, si je vois une possibilité pour envoyer une vacherie à Zoé, je la saisirai. Peut-être. Sauf si je découvre qu'elle est peau de vache à cause d'un problème personnel. Avons-nous tous, comme ça, des peaux de rechange, parfois rêches et parfois douces, des peaux d'échappement qui nous permettent d'évacuer de notre moteur à combustion interne quelques mauvais gaz, de stabiliser la pression ? Bientôt nous aurons tous des peaux catalytiques pour réduire la nocivité de ce qui sort de nous. Il y a tant de grands projets humains qui nous attendent.

Vasco repart avec le chapeau plein, le sac-poubelle de vieux linges, et ses chiens. Sauf un. Quand il monte dans son camion, je le cherche. « Et le petit blanc ? Il est où, le petit blanc ? » Vasco m'adresse un beau clin d'œil, le même que celui que Maggie voudrait recevoir un jour de la part d'un homme. Je ne comprends pas tout de suite, alors je me retourne. Et je vois mes parents, séparés par une boule de poils. Le petit chien blanc est désormais des nôtres. Avec son côté efflanqué et pas bien haut, ses oreilles tombantes en pointe, je me demande s'il ne fait pas un peu chien de vieux. Mais quand je m'accroupis pour le caresser encore, quand je peux enfin sentir *mon chien*, l'appeler Ben-Hur et regarder sa queue battre, je ne me dis plus rien du tout. Juste que mes vieux parents viennent de réaliser mon rêve le plus ancien. On va rentrer à la maison avec lui, mais juste avant, passer chez Monsieur Chocolat pour remplir la boîte en fer bleu et rouge. On est samedi, il faut qu'on refasse le plein. Si je dois quitter mes parents un jour, c'est cette boîte que j'emporterai, avec tous les A qu'elle contient. A comme Amour. Pas comme Aron !

Table des matières

L'autrice

Claire Castillon a publié son premier roman à l'âge de 25 ans. Depuis, elle ne cesse d'écrire pour les adultes (*Rebelles, un peu, Les Messieurs, Insecte, Les Merveilles, Ma grande, Marche blanche*, pour n'en citer que quelques-uns) et pour la jeunesse (notamment *Tu es mignon parce que tu es un peu nul, Cucu, Les Piqûres d'abeille, Proxima du Centaure, Miss Crampon*). Elle aime beaucoup le silence et les grands espaces. Quand elle ne gravit pas une montagne, elle vit en lisière de forêt et promène son chien aux oreilles aussi longues que celles de Dumbo. C'est peut-être cette bizarrerie qu'elle aime le plus chez lui. Ses personnages aussi ont des différences. Une jambe trop courte, un cœur trop gros, une âme fendue. Elle aime les inviter à se réfugier dans ses romans. Quand elle n'écrit pas, elle note les mots d'enfant de sa fille. On ne sait jamais, ils pourraient un jour lui servir de titre !

Chez Gallimard Jeunesse, elle a publié *River* (Scripto).

Le papier de cet ouvrage est composé de fibres naturelles, renouvelables, recyclables et fabriquées à partir de bois provenant de forêts gérées durablement.

Mise en pages : Françoise Pham

Loi n° 49-956 du 16 juillet 1949
sur les publications destinées à la jeunesse
ISBN : 978-2-07-514368-4
Numéro d'édition : 395384
Premier dépôt légal : janvier 2021
Dépôt légal : février 2021
Imprimé en Italie par Grafica Veneta S.p.A.